NARRATORI ITALIANI

ANDREA DONAERA

LA COLPA È MIA

ROMANZO
BOMPIANI

La voce "Incel" di Wikipedia in italiano citata in esergo a p. 7 è aggiornata al settembre 2023.

www.giunti.it
www.bompiani.it

Via Bolognese 165 – 50139 Firenze – Italia
Via G.B. Pirelli 30 – 20124 Milano – Italia

ISBN 978-88-301-0714-4

Prima edizione: aprile 2024

A Lúthien

Crollai in preda all'angoscia e a un'agonia lamentosa, e piansi ogni lacrima fino a perdere conoscenza sul letto, completamente solo. [...] Perché le cose devono andare così? Lo chiedo a tutti voi.

Elliot Rodger, *Il mio mondo perverso*

Un incel è un membro di una categoria, composta prevalentemente da uomini eterosessuali, che afferma di non riuscire a trovare un partner sentimentale e/o sessuale, nonostante ne desideri uno, in quanto rifiutato perché non attraente.
Il neologismo inglese "incel" è un portmanteau *di "involuntary celibate", traducibile in italiano come "celibe involontario".*

Wikipedia, voce "Incel"

PARTE PRIMA

My soul is black,
and black as night are the ways of thine.

Dissection, *Soulreaper*

Quando scopro che Aby morirà (che sarà una persona morta, ma morta *davvero* – e forse succederà davanti a me, succederà durante un giorno dei nostri e non in un domani lontano e remoto e fumoso – mentre scopro che morirà non come moriranno tutti, per tempo, no, ma sarà morta *davvero* tra pochi anni, forse mesi) sono davanti allo schermo macchiato e impolverato del vecchio HP per pagare l'affitto. Sono sul sito del Banco popolare del Sud, ma la pagina fatica a caricarsi. Dalla finestra del nostro soggiorno entra una luce pallida che mi riscalda i piedi.

Appoggio il telefono all'orecchio e sento un dolore al bicipite destro: ieri sera il suo mal di testa era così forte che, quando ho provato ad abbracciarla, mi ha morso il braccio. Il livido stamattina è di un grigio quasi splendente. Come se ci fosse ancora traccia della sua saliva. Ci avvicino il naso, cerco l'odore della sua bocca, mi sembra di sentirlo.

"Ei." La sua voce al telefono sembra scocciata.

"Ei, allora?" La pagina del sito si è caricata, anche se il logo BA.PO.S. è ancora un po' sgranato.

"Ho appena finito." Il tono simile a quello di quando esce da un supermercato senza aver trovato quel prodotto che cercava – e quasi sempre mi chiama per dirmelo: ma è una scusa, un modo per sentirci qualche secondo.

"Eh, e quindi? Che ti ha detto?" Intanto scrollo la pagina verso il basso fino agli ultimi movimenti. Il bonifico da parte di suo padre è arrivato. Settecento euro, i soliti di ogni mese, quattrocentocinquanta per l'affitto e le spese condominiali, il resto un bonus che in teoria dovrebbe spendere sua figlia per biglietti del bus, libri, dispense, e altre cose della sua vita da dottoranda.

"Vorrei che facessimo finta di niente." Questa frase stona davvero tanto, messa lì così, con quella voce un po' apatica, vagamente delusa.

"Come, scusa? Hai parlato col medico o no?" Nel conto, grazie a quel bonifico, adesso abbiamo ottocento euro. Siamo riusciti a non prosciugare tutto durante il mese scorso, e questo mi rende, per un istante, quasi allegro.

"Sto entrando in macchina, non voglio parlare davanti a mio padre." La voce sbrigativa e brusca mi fa sentire come l'operatore di un qualche call center. Ci rimango male.

"Oh, ma mi vuoi dire che ti ha detto?" Il mese prossimo forse avremo una piccola entrata ulteriore, cinquecento euro e, stavolta, grazie a me; così mentre fisso lo schermo provo a fare un calcolo veloce: sarà possibile evitare di chiedere il solito bonifico a suo padre?

"Tra un po' arrivo a casa, dai, fammi chiudere."

"Ma è tutto ok? Ti ha prescritto delle medicine?"

"No, non servono medicine."

"E allora? Non hai niente."

Sbuffa forte nel telefono, il suono sembra una pernacchia: "Bruno, che ti devo dire? È una cosa molto più seria del previsto."

"Cosa vuol dire molto più seria?"

"Voglio fare finta che non sia successo niente."

"Ma, Aby, cosa significa molto più seria?"

Dà un colpetto di tosse, imposta la voce in quel modo calmo che però significa che è molto nervosa: "Che non si cura. Che non passa." Si è sicuramente allontanata dalla macchina di suo padre, perché ha alzato la voce – voce che ora prende una piega insospettabile. Esasperata, come se mi stesse ripetendo qualcosa per l'ennesima volta: "Non può passare. Non si può curare."

"Cioè? Come sarebbe a dire che un mal di testa non si cura? Non passa? Ma che cazzo dice?" Chiudo la pagina del sito della banca. Dalla finestra adesso entra il suono orrendo di due piccioni che grugano. Nel pozzo luce su cui si affaccia la nostra unica finestra c'è sporcizia, c'è umidità, ci sono insetti e uccelli. Penso al medico che guarda le lastre, che le dice una stronzata simile, e me lo immagino con le stesse sembianze del padre di Aby, non so perché, la testa rasata e luccicante, le labbra grosse, le sopracciglia bianche troppo folte sopra agli occhi verdi e grandi – troppo simili a quelli della figlia.

"Non è un mal di testa, Bruno. Perché devi fare sempre così?" La voce è completamente trasformata, adesso: è quella voce che sembra sfuggirle via dai denti stretti, con le "s" che sembrano "f" e il volume basso, sembra quasi un maschio, la voce di certi litigi degli inizi, di quando avevo paura che mi potesse lasciare da un momento all'altro o di quando ero convinto che mi stesse tradendo.

"Così? Non sto facendo niente, voglio solo..."

"È un cazzo di tumore al cervello, Bruno. Non si può curare. Non si sa quanto posso vivere. Sei contento ora? Ora che l'ho detto, sei contento?" Il pianto invade ogni sua sillaba, ogni tre parole un singhiozzo o un respiro mozzato.

"Perché dovevi farmelo dire? Perché non devi mai capire le cose da solo?" La immagino davanti allo studio di quel medico di merda, nella zona residenziale di merda, tra tutte quelle villette di merda: lei, lì, che dà le spalle all'auto di suo padre che stamattina l'ha accompagnata lì incastrandola tra vari impegni. Lei, lì, che fa di tutto per non tremare troppo a causa del pianto. E io, qui, che mi metto una mano tra i capelli e comincio a tirare, che chiudo la finestra per non sentire i due piccioni, e che in silenzio mi prendo ancora una volta una colpa inesistente.

"Perché fai sempre così?"

E non riesco a parlare. Riesco soltanto a pensare che Aby morirà *davvero*. La cosa che mi ha detto è entrata dentro di me come un dato di fatto. Aby a breve sarà morta, non come muoiono tutti, non in un futuro lontano, non con i capelli bianchi e i reparti di geriatria e i nipoti e i ricordi che ormai sfumano via. No: morta nel giro di poco, per un cancro inoperabile al cervello, quindi morta *davvero*, qui, accanto a me, con uno come me nella sua vita. Uno come me. Addento la pelle sul dorso della mano destra. Stringo forte come non facevo da tempo.

Avverto la chiave nella serratura e corro verso la porta. Mi sento vagamente un cane. Quando vedo che dietro di lei c'è suo padre vorrei anche ringhiare.

Non so cosa ho fatto nell'ultimo quarto d'ora. È una sensazione sgradevole. Ci penso mentre Aby mi passa davanti e le cerco gli occhi, lei li tiene bassi, lancia la borsa sul divano, si sfila il cappotto e anche quello finisce sul divano. Va in bagno, chiude a chiave. Suo padre rimane sulla soglia, senza chiudere la porta.

"Vuoi entrare?" gli chiedo indicando la cucina. Mi mette ansia.

Lui mi guarda in un modo che potrebbe voler dire due cose: o "Guarda cos'hai combinato", oppure "Non mi meritavo tutto questo". Parla senza prendere respiro, a voce bassissima: "Ti ha detto?"

"Sì."

"Mò tegnu bisognu di qualche giornu pe' fare nu pocu di ragionamenti," mi guarda sempre in quel modo, la voce un po' rauca, sembra molto più vecchio rispetto al solito.

"Che ragionamenti?"

"Toccherà cercare quacchecosa straniera, all'estero. Fare altre diagnosi. Mica ci fidiamo dellu primu parere." Il plurale che usa sempre, perché Aby e io siamo sue emanazioni e lui il principio delle nostre esistenze. Abbasso la testa. Mi sento di nuovo un cane. Gli guardo i piedi, le scarpe orrende, nere sbiadite, alcune gocce di fango. Sento che qualcosa di brutto sta per succedere, adesso, in questo istante, qualcosa di orribile. Respiro, con il metodo che mi ha insegnato Aby: chiudo gli occhi, trattengo l'aria per cinque secondi, poi la ributto fuori piano, tenendo le labbra strette come se stessi pronunciando una lunga "u". Lui mi guarda come se fossi un barbone che si sta pisciando addosso davanti ai suoi occhi. Chiudo i miei, cinque secondi. Li riapro mentre espiro. Lui non c'è più, la porta è chiusa.

Aby esce dal bagno con il viso libero dal trucco. Le vado incontro, mi sorride. "Ciao," sussurra. Si siede rapida alla scrivania, apre il suo Mac. Sfila l'elastico nero che ha al polso, stringe in una piccola coda i capelli. Non li aveva avuti mai così corti. Adesso assomiglia molto alla figura che c'è sulla copertina della *Ragazza dai capelli strani*. Uno dei suoi libri preferiti che non ho ancora letto. Rimando da quattro anni.

"Ti faccio un caffè?" Subito mi chiedo se ho detto una stronzata. Forse non potrà più prendere caffè. Forse dovrà cambiare la sua alimentazione, senz'altro sarà necessario un ripensamento dello stile di vita.

Lei sembra, come sempre, leggermi nel pensiero, mentre mi guarda negli occhi e con serenità dice: "Non cambia nulla, Bruno. Rimane tutto uguale a sempre. E dunque voglio fare finta di niente. Mi capisci?"

Quel "Mi capisci" mi colpisce forte. Lo direi a un animale, io, "Mi capisci".

"Vorrei solo saperne un po' di più. Non oggi, non domani. Quando vorrai. Devi dirmi che cosa sta succedendo. Non posso stare qui così, dopo una notizia come questa, e fare finta di niente. Fammi almeno capire."

Sbuffa. Si volta e allunga un braccio verso il divano, afferra la borsa. Tira fuori dei fogli, me li porge. Non mi guarda. "Non si capisce molto da quei fogli, è tutto un linguaggio medico. Ma in sostanza è quello che ti ho detto. È al cervello. È grosso. Non si può curare, non si può operare."

"Quindi tutte quelle visite, quelle TAC che ti hanno fatto fare in questi mesi..."

"Sì, il dottore lo sospettava. Adesso ne è certo." Si alza, apre la finestra. I piccioni non ci sono più. "Gli ho chiesto io di essere sincero. Di dirmi di quanto è l'aspettativa di vita." Infila le mani nelle tasche dei jeans stretti, guarda il cielo, quel poco che gli altri palazzi affacciati sul pozzo luce permettono di vedere.

"Quanto è l'aspettativa di vita?"

"Poca."

Il suo corpo è una miniera. Uno spazio cavernoso che da quattro anni, a tentoni, provo a esplorare, a scoprire. La sua schiena, adesso, nella maglietta nera è una composizione di ossa oscure. Il culo, stretto nei jeans a vita alta, è un perimetro che mi sembra inavvicinabile. Vorrei farmi spazio lì, in quel suo spazio. Essere nel suo buio. Non avviene da mesi. La miniera è chiusa. All'inizio parlava del mio "piccone". Della sua "pietra da scavare". Un linguaggio in codice che non riusciva a non essere comunque esplicito. Eccitante e divertente, come ovviamente pensavamo che sarebbe stata la nostra vita insieme. Ho voglia di mordermi di nuovo la mano. Mi trattengo. Con questo nuovo taglio di capelli si vede benissimo la sua nuca. Un piccolo solco. Vorrei toccarlo. Vorrei scavarlo, entrarci dentro. Passare attraverso questa cosa nuova che ha nella testa.

"Non è una cosa nuova. C'è da tempo. I mal di testa fortissimi sono uno dei sintomi finali."

“Te le ha dette lui queste cose?”
“Sì.”
“Tuo padre dice che...”
“Voglio che facciamo finta di niente. Solo questo.” Si volta verso di me, finalmente mi guarda. Oggi gli occhi hanno un colore molto simile a quello del cielo, un po’ grigio, un po’ pallido. “Davvero, Bruno. Voglio solo che continuiamo come sempre.”
“Ma almeno sentire qualche altro...”
“Vedremo. Ora no. Ora ho bisogno di continuare. Ora ho bisogno che tutto resti com’era fino a stamattina.”
Gli occhi sembrano gonfi, sembrano diventare enormi. E non voglio più guardare. Faccio qualcosa di estremo – per me, per lei, per noi: mi avvicino (lei distoglie lo sguardo), mi inginocchio (lei fa un verso che sembra un “No”), appoggio la fronte su un suo ginocchio (lei affonda ancora di più le mani nelle tasche, sbuffa). “Dai, non fare il cane, Brù. Non è il momento.” Infilo il naso tra le sue gambe. La sento mossa da una risata breve.

Mentre si fa la doccia provo a leggere qualcosa dalle carte che le ha dato il medico. Ci sono parole come "glioblastoma", "astrocitomi", "cellule gliali", "GBM multiforme". Capisco soltanto l'espressione "impossibilità d'asportazione". C'è anche una busta gialla, dove con il pennarello qualcuno ha scritto "Tomografia assiale computerizzata – Abigail Franchi". Ne estraggo una radiografia. Sei immagini in bianco e nero del cervello di Aby. Il suo cervello ha una forma inaspettata. Una grossa pera grigia, striata da righe nere. E una grossa macchia, nerissima. Si vede bene nella quinta immagine. Il foglio ha una consistenza piacevole sotto le dita.

Sento un dolore vago e insistente dietro gli occhi. Chiudo il faldone del medico, apro un cassetto della scrivania di Aby, butto tutto lì dentro, tra elastici per capelli e matite rotte, mentre mi rendo conto che mi tremano le mani.

Mi vibra il cellulare in tasca. Sullo schermo la scritta "N.".

"Nonna, dimmi."

"Bruno, allora?" La sento come se parlasse da sott'acqua. Da quando ha scoperto gli auricolari usa soltanto quelli, ma tiene il microfono sempre lontano, senza accorgersene, sprofondato tra le pieghe delle sue vesti larghissime.

"Cosa?"

"La Aby come sta? Ha fatto la visita?"
"Sì, tutto bene."
"Che le ha detto?"
"Metti bene il microfono, nonna, non ti sento."
"Aspetta."
"Comunque, dai, devo chiudere, devo andare, lascia stare."
"Ora mi senti?"
"Sì, ma devo chiudere, ci sentiamo più tardi."
"Mi sembri strano, che è successo?"
"Niente, ho da fare, devo andare."

Scappo via da lei, come sempre quando c'è qualcosa di negativo attorno a me. La sua esistenza ha senso nella mia vita soltanto se rimane una figura in pace, solidamente, perennemente serena. Quindi scappo, per tenerla al riparo dal mio nero. Non per lei: per me. Lei deve restare inconsapevole, sorridente, calma. Buona. Non deve cambiare. Non deve sapere.

"Devi lavorare?"
"Sì, un'intervista."

So che ora vorrà sapere. Le interessa il mio lavoro. Specialmente perché non ha idea di quanti pochi soldi riesco a guadagnare.

"Che bello. Qualcuno famoso?"
"No. Cioè, non proprio. È uno di quelli che stanno su Instagram."
"Quelli che fanno le foto?"
"Più o meno, sì. È un ragazzo un po' strano."
"Tu pure sei un ragazzo un po' strano, sicuramente vi trovate bene," scoppia a ridere, e mi viene da piangere. "Ma quindi non è famoso? E perché lo intervisti allora?"
"Su internet è un po' famoso. Fa parte di una specie di comunità, e il direttore del giornale vuole capire bene come funziona. Questo tizio è uno dei membri di 'sta spe-

cie di gruppo e vive a Lecce. Per questo mi ha chiesto di intervistarlo."

"Ah, ho capito, ho capito. Una cosa tipo quelli che in America vivono senza luce e senza gas?"

"No, no. È un gruppo di persone che ha certe idee. Stanno tutti su internet, sono di tutto il mondo. Tipi strani, idee strane."

"L'altro giorno alla televisione dicevano che su internet ci sono certe persone che parlano di cose pazzesche, tutte inventate. Cose del virus che non esiste, o che Biden beve il sangue dei bambini. Non è che è una cosa così, no? Che quella è gente brutta proprio, pazzi."

"No, no, nonna. Questi sono ragazzi, un po' particolari. Cioè, sono tutti ragazzi che non hanno mai avuto una fidanzata, e non riescono a trovarne una. E allora si riuniscono su internet e parlano di 'sta situazione."

"Poverini... E tu una fidanzata non riesci a trovargliela?"

"Eh, mò vediamo, sì, ora devo andare, che, come ti ho appena detto, devo proprio parlare con uno di questi. Ok?"

"Ti pagano bene per questa intervista?"

"Sì, cinquecento euro."

"Bravissimo, bravissimo." La voce piena di entusiasmo vero. Non saprà mai che sono (forse) i primi cinquecento euro che vedo da quattro mesi a questa parte.

"Fammi andare, nonna, dai."

"Va bene, sì. Ma la Aby quindi sta bene?"

Mi rendo conto di avere tantissima sete, non bevo da stamattina. "Sì, tutto bene, tutto bene, veramente."

"Quando passi da qua?"

"Penso domani, dai. Hai bisogno di qualcosa?"

"No, no, oggi ho fatto la spesa."

Chiudo gli occhi e ce l'ho davanti, seduta al tavolo rotondo, le carte napoletane stese, il solitario irrisolvibile, la televisione accesa alle sue spalle, la moka vecchissima sul fornello, la credenza piena di vasetti, pacchi di pasta, il resto della casa buio e silenzioso. Stamattina avrà spolverato la mia camera, lasciata uguale a com'è sempre stata da quando sono diventato suo figlio, trentadue anni fa. La foto dei miei genitori in una cornice d'oro, scattata un mese prima dell'incidente, ora per sempre su quell'altarino all'ingresso, tra un'immagine di santa Lucia e un cero di Padre Pio.

Una notifica da Instagram. Petrus_Gonsalvus_99. Da quando abbiamo concordato l'intervista, mi tagga in ogni singolo post che pubblica. Sono il primo giornalista che si è interessato al suo profilo, anche se non per mia libera scelta. Il direttore della rivista online *Sabotage* mi ha incaricato di scrivere qualcosa sul fenomeno incel. "Facciamo una cosa tipo: 'Gli *involuntary celibates*, uomini che non riescono ad avere una donna. Incubo contemporaneo? Fenomeno web? Lo chiediamo a uno di loro!' Che ne pensi, Bruno?" Naturalmente non potevo dire che mi sembra orrendo appiattire così il fenomeno: sono persone, quelle, che si riuniscono in contesti digitali per ragionare della loro condizione, per sentirsi parte di qualcosa – realizzati in qualcosa, almeno lì. E ci sono le loro teorie sociali, complesse e radicali, e la misoginia diffusa, con esiti talvolta violenti. Il titolo proposto, poi, fa davvero schifo. Il direttore si è imbattuto in Petrus_Gonsalvus_99 seguendo una lunga scia di articoli americani che trattavano dell'argomento. Il suo è uno dei profili Instagram incel più controversi in Italia. Nessuno sa chi sia, non ci sono foto sue e nessuno lo ha mai visto, ma ha un numero di follower inquietantemente alto e il tag della città in cui vive: Lecce.

"Ti aspetto al Baby Lone, in zona Santa Rosa," mi ha scritto ieri Petrus. Non ha voluto dirmi il suo nome vero. "Capirai che sono io," ha aggiunto.

Non ho alcuna voglia di andare all'appuntamento. Non ho alcuna forza. Ma la voce del direttore mi risuona in testa: "Per un longform su questo tema posso arrivare a darti cinquecento euro. Se viene bene." Quella voce, e l'imperativo di Aby: fare finta di niente.

"Che mangi tu?" Aby è uscita dalla doccia ed è di fronte al frigo aperto.

Non rispondo, alzo solo le spalle e scuoto leggermente la testa. Leggo il post di Petrus_Gonsalvus_99. Un lungo testo sotto la consueta immagine nera (il suo profilo Instagram è costituito da un'infinita serie di quadrati scuri, tutti uguali). Un altro episodio riguardante le sue relazioni con le donne.

> Stavamo seduti sul tetto spiovente, come in quei film americani dove ci sono i ragazzini, il tetto spiovente con le tegole bianche, la notte, le stelle, la luna, noi due seduti, due ragazzini come quei film americani che dentro c'è un po' tutto, c'è l'avventura, c'è l'amore, c'è la famiglia, noi due stavamo lì, così, seduti sul tetto spiovente bianco di casa mia, zitti, guardavamo la notte, le stelle, la luna, lei il vestitino senza maniche, io la canottiera, agosto, non c'era nessuna avventura nella mia vita, non c'era nessuna famiglia – solo un papà, uno di quelli sempre impegnati, di quelli che negli anime giapponesi escono di casa al mattino presto di corsa con una roba da mangiare ancora in bocca e poi tornano la sera stanchissimi e quasi non parlano – e non c'era nessun amore, nella mia vita. Ma questa cosa va spiegata meglio. Quest'ultima cosa, questa dell'amore. Va spiegata meglio. Stavamo seduti sul tetto spiovente di casa mia, le tegole bianche sporche della pioggia sabbiosa del giorno

prima, la notte fresca, un po' di zanzare, e non parlavamo, si sentivano i rumori della notte, nella mia testa sentivo i rumori delle stelle che esplodono lontane, nella mia testa si sentiva il rumore della luna che galleggia nello spazio nero, lo spazio nero, quello che mi sembrava ci fosse tra me e lei, lei zitta, io zitto, nessun amore nella mia vita, nessun amore ricambiato nella mia vita, lo spazio nero dei suoi occhi pieni di lacrime, "Hai rovinato tutto," dice, e il respiro che non mi esce più, il cuore che non mi batte più, "Ti ho solo detto la verità," dico, è notte, "Lo so," le stelle, "Non volevo rovinare niente," la luna, "Come pensavi di poter non rovinare niente?" chiede, non so rispondere, mi alzo in piedi, in bilico sulle tegole bianche, me ne voglio andare, non so rispondere, nessuna avventura nella mia vita, nessuna famiglia, nessun amore. Fanno schifo i film americani, fanno schifo gli anime giapponesi, fa schifo tutto.

Dopo pranzo ("Senti, Bruno, io posso mangiare tutto come prima. Ok, Brù? Tutto come prima") Aby si rimette davanti al pc. La sua tesi di dottorato è un lavoro potenzialmente infinito. Politica e letteratura nel romanzo statunitense del secondo Novecento. La scrivania piena di libri, dizionari, quaderni, fazzoletti, la webcam per le call, due paia di auricolari, bottigliette d'acqua all'aloe vera, penne, evidenziatori, matite, temperamatite, gomme, scolorina, caramelle balsamiche. Il suo Instagram è pieno di foto di questa scrivania. "Sembra il profilo di una vecchia professoressa." "Il tuo sembra quello di un boomer." Sul mio profilo condivido soltanto gli screenshot dei titoli degli articoli che mi pubblicano. Ogni tanto una foto di noi due – quando lei la approva, quando non si vede il naso troppo grosso, quando non si vede troppo il neo (bellissimo, per me) che ha sulla guancia destra.

"Mi metto le cuffie, provo a concentrarmi, voglio provare a chiudere 'sto capitolo entro la settimana. Ok?"

"Ok, certo."

"Tu hai da fare, no?"

"Sì, ho l'appuntamento con l'incel."

"Giusto. Hai bisogno che dia un'occhiata alle domande?"

"No, tranquilla."

"Ok."

"Domani bisogna pagare l'affitto."
"Il bonifico di mio padre?"
"Arrivato."
"Ok."
"Vado. Ho appuntamento al Baby Lone."
"Postaccio."
"Da incel."
"Davvero."

Parliamo con la scrivania in mezzo. Lei seduta, io in piedi. Come se fossimo in un ufficio, lei l'impiegata, io il cliente che chiede informazioni. Allungo un braccio tra i libri, raggiungo la sua guancia (sinistra: la destra no, mai, c'è il neo), la accarezzo. Sorride rapida, senza guardarmi, poi torna subito seria, gli occhi nuvolosi sul file word.

"Vado. Ciao."

Non risponde. Rimango per un paio di secondi fermo, come in attesa. In realtà non aspetto nulla, so che non risponderà. Ma le guardo la riga in mezzo tra i capelli neri. Oggi sembrano più neri. E la pelle che si vede sotto la riga sembra stranamente rosa. Come una vecchia cicatrice.

Appena esco fuori, sul pianerottolo, mordo forte il dorso della mano destra. E sento un liquido rovente attraversarmi il corpo in verticale, dal petto al pube. Brucia. La certezza di non poter essere abbastanza per lei. Di non esserlo mai stato. La certezza di essere capitato in un momento della *sua* vita: la certezza di non star vivendo una qualche *nostra* vita. La tentazione di tornare indietro, riaprire la porta, chiederle se è così, se davvero io sono soltanto un elemento tra i tanti che hanno composto le sue giornate finora. La tentazione di voltare l'angolo, andare verso la stazione, partire, scappare. La tentazione di scriverle un messaggio: "Vorrei che piangessimo. Almeno un po'. Vorrei crollare. Stamattina eri una persona normale. Adesso sei una persona con un cancro al cervello. Dobbiamo piangere. Ti prego, ne ho bisogno. Anche se tuo padre troverà un medico che ti curerà, un genio capace di dirci che tutto tornerà come prima: io adesso ho bisogno di crollare, perché ho paura non della morte ma della fine; ho paura delle ultime volte, e che non siano alla tua altezza, perché sono io una parte delle tue ultime volte; ho paura di ciò che adesso esiste e che è destinato a non esistere più. Ho paura di tutto, quindi. E voglio che ci abbracciamo. Piangiamo. Voglio baciare la tua testa, tutta, mentre lo faccio voglio bagnarti i capelli."

Il forum più utilizzato dagli incel convoglia un'enorme quantità di informazioni. È frequentato da centinaia di uomini che ogni giorno aprono thread e sviluppano conversazioni visibili a chiunque sia iscritto al forum. Ci sono lunghe disamine sulla natura ideologica e, a loro dire, filosofica attorno a ciò che significa essere incel. Ampi approfondimenti su concetti pseudosociologici che affermerebbero la necessità di un vero e proprio movimento incel. Ma specialmente ci sono migliaia di discussioni attorno ai singoli utenti, che postano foto dei loro corpi, dei loro volti, per chiedere consigli su come migliorare e diventare più appetibili per le donne, oppure permettendo a tutti di monitorare i loro progressi nei vari aggiustamenti fisici.

Leggo un thread aperto da Nathan_Always_87. Un selfie di lui in mutande davanti allo specchio del bagno, la faccia coperta dallo smartphone, il petto glabro con un accenno di pettorali, la pancia piatta. El_Pibe10 commenta: "Zero muscoli, zero prestanza. A questo punto sarebbe meglio essere grasso, almeno potresti acchiappare qualcuna con qualche fetish per i ciccioni." Yukito_Hiro risponde a El_Pibe10: "Ma dove stanno queste con questi fetish???" El_Pibe10: "Ci stanno, ci stanno." Nathan_Always_87 risponde a entrambi: "Ho iniziato palestra tre settimane fa. Inizio a vedere i pettorali." Si introduce Franzzz93: "Lavoro sul petto, bene, fondamentale. Devi allargarlo, lavora molto sulle spalle anche. Vogliono avere la sensazione di poter essere schiacciate da te." Yukito_Hiro insiste: "Il fetish per i grassi non ce l'ha nessuna, è una leggenda." Franzzz93 gli risponde: "No, infatti. Alcune hanno traumi, tipo che sono state violentate dal padre, e negli uomini grassi vedono protezione, oppure rivedono il padre che odiano e amano allo stesso tempo. Ma è raro. Mosche bianche." Yukito_Hiro: "Esatto. Io comunque meno venti chili in un anno." Nathan_Always_87: "Meno venti in un anno è buono." Yukito_Hiro: "Grazie bro." El_Pibe10: "BRO??? COME CAZZO PARLI?" Franzzz93: "Calma, il caps lock è vietato."

Apro un'altra conversazione. L'ha aperta J-J-Phil. Ha postato una foto del suo viso, in primissimo piano, gli occhi accigliati che guardano in camera con una specie di cattiveria, le labbra strette in un evidente tentativo di stringere fortissimo i denti per sottolineare la mascella. Con commento: "Così va bene?" Luis_Loco: "Ma assolutamente no." TheDevilInside: "Sembri incazzato e basta." J-J-Phil: "Considerate che l'operazione ancora non l'ho fatta." Gli risponde Bullet_4_My_Ghost: "Ma secondo me a te la mentoplastica non serve, stai già messo bene. Sono gli occhi il problema tuo." J-J-Phil replica: "Serve, serve, la mentoplastica." Bullet_4_My_Ghost: "Sì, vabbe', ma con gli occhi così stai proprio in alto mare." Luis_Loco invia un suo selfie in risposta, pizzetto biondo, mascella pronunciatissima, due occhi azzurri che guardano in camera con la coda, un dito sul mento: "Sabato, con questa posa, due numeri portati a casa. Una mai risposto, ma era evidentemente NP. Un'altra la sto sentendo." TheDevilInside: "Mi bannate se dico che ogni volta che sento nominare una Non Persona mi viene voglia di mettere mano alla pistola?" Luis_Loco: "Be', se la pistola non ce l'hai..." TheDevilInside: "Chi te lo dice che non ce l'ho?"

Il sole slabbra le nuvole, lancia un caldo bruciante, poi di nuovo il cielo si copre e la luce si fa apocalittica. Tutto nel giro di pochi secondi. Questo accade sempre più spesso, le perturbazioni raggiungono questo pezzo di terra molto più di prima. Le persone non se lo dicono, ma hanno la sensazione che qualcosa di orribile prima o poi succederà. Tutte le persone, anche quelle che ridono al telefono, anche quelle che si incrociano nei viali di pietra e si urlano allegri "Ciao, beddhu!", anche quelle con un podcast nelle cuffie e un cane al guinzaglio: tutte sanno dentro che qui, tra non troppo tempo, avverrà qualcosa di tremendo – il sole esploderà? il mare si gonfierà fino a sommergere tutto e tutti? arriveranno nuvole nere gonfissime e infinitamente grandi che scaricheranno acqua e ghiaccio per mesi? Non lo hanno ancora ben chiaro in mente: ma lo sanno. E nonostante questo non vivono il sole come se fosse l'ultima volta, non vivono le nuvole come se fosse l'ultima volta. Nel calore del sole non si godono nulla, lo considerano soltanto una causa dei tumori alla pelle. E il fresco delle nuvole è soltanto il possibile presagio di qualche tempesta che farà danni. Siamo diventati tutti così, con le mascherine all'aperto anche se il Governo dice che sono obbligatorie soltanto al chiuso, con la paura del tempo e del meteo, con la paura degli altri che sono infetti fino a prova contraria, con la paura del clima che è imprevedibile come un Dio pazzo e anaffettivo.

Come può uno vivere questo tempo e questo spazio senza il desiderio di essere qualcuno che non è? Come può uno, qui e ora, vivere con sulla scrivania un faldone in cui si parla di un glioblastoma? Come può uno – uno come me – restare da solo domani, lì, in quel mondo dove smetteremo di avere paura perché la paura sarà uno stato d'animo costante e non eccezionale?

"Brù, ti ho detto che voglio concentrarmi sull'articolo, e che cazzo..."

Avrebbe potuto non rispondere ma sa che se non risponde rischio di andare in paranoia, con pensieri che prendono strade tortuose dalle quali non sempre è facile tornare indietro. È successo, all'inizio, un paio di volte. Non ne abbiamo mai più parlato. Ma è successo.

"No, scusa, scusa se ho chiamato, è che mi era venuta in mente 'na cosa."

"Dimmi, dai." Sbuffa così rumorosamente da far gracchiare il suono che esce dal telefono.

"Niente, stavo pensando che se vuoi stasera possiamo trovarci con Frank e con la Vittoria."

Ci mette un paio di secondi, anche di più, è evidentemente distratta dal file word: "Frank e la Vittoria? Ma come ti sono venuti in mente? Che c'entrano?"

"Una volta siamo andati da loro, e siamo stati bene."

Almeno quattro secondi prima di dire: "Ma io non li sento da una vita."

"Io lui lo sento ogni tanto, su Discord. Cioè, una volta, un po' di tempo fa. Mi aveva passato una patch di *Morrowind*."

Ora quasi mi interrompe: "Ma da dove ti è venuta mò 'st'idea di andare da loro? Ci hai parlato? Ci hanno invitato?"

"No."

Ha la cantilena di quando sta per esplodere: "E quindi secondo te adesso chiamiamo Frank e la Vittoria e diciamo, dopo una vita che non li sentiamo: 'Ciao ragazzi, che ne dite se stasera veniamo a casa vostra?' così, dal nulla, senza alcun motivo.'"

"È che quando siamo stati da loro siamo stati bene. E stavo pensando che volevo fare qualcosa che possa farti stare bene. E allora mi è venuta in mente questa."

Cinque secondi di pausa, quasi tutti coperti da un sospiro profondo: "Brù, ho capito. Ma non si può, va bene? Sono persone che non frequentiamo più da tempo. La prima e ultima volta che siamo stati da loro ci eravamo appena messi insieme, ti ricordi? Non è proprio il caso dunque, ok?"

"Ok."

Non cantilena più. Mi tratta bene: "Grazie che hai pensato a volermi far stare bene. Ma non c'è bisogno di arrivare a pensare cose del genere. Davvero. Ora non devi fare l'intervista?"

"Sì, sto andando."

Una voce così dolce che vorrei mangiarla, vorrei piangerci addosso, bagnarla tutta: "Dai, concentrati su quella. Ok? Ci vediamo a casa, va bene?"

"Sì. Grazie."

Mormora qualcosa che non capisco, poi chiude.

Frank e Vittoria hanno una casa che profuma di fiori e di legno, il pavimento di parquet vero, liscio, lucido, un divano grande, due poltrone – poltrone che Frank, quella sera, definì "da lettura". Una sala con due pareti completamente rivestite di libri, scaffalati in un disordine armonico in librerie tutt'altro che Ikea – "Regalo di mio nonno, che è falegname, per festeggiare l'inizio della convivenza," spiegò Vittoria. Le luci giuste, giustissime, nemmeno un lampadario, soltanto piantane, lampade, punti luce posizionati con lo sguardo di un direttore della fotografia – Aby disse: "Sembra di stare in un film di Muccino," ridendo mentre si guardava intorno, e Frank la corresse: "No, le luci ce le ha sistemate un ragazzo che ha lavorato nel reparto fotografia di Saverio Costanzo." Un enorme pesce, sfilettato con la precisione degli chef, preparato al forno unendo la tradizione culinaria del Salento (cioè qualche pomodoro, qualche cappero e litri d'olio) e l'innovazione (cottura in un forno d'ultimissima generazione, sale rosa, pepe rosa in grani, contorno d'avocado, dadolata di tofu marinato). Aby mi stringeva la mano sotto il tavolo. Eravamo da un'ora lì e io e Aby avevamo parlato pochissimo. Tacevo perché ferito e asfissiato da tutto quell'*avere* che mi circondava. L'essere uomo vero che Frank mi sbatteva in faccia, mentre ogni tanto infilava una mano nei jeans stretti per sistemarsi il cazzo presumibilmente troppo grosso per quei pantaloni. Tutto quel loro *avere* mi faceva pensare soltanto a tutto quello che io *non avevo* – e *non ho*. Mi faceva male, mi faceva riflettere su quanto un uomo, per essere tale, debba necessariamente dimostrare di *avere*: quando avrei *avuto* pure io così tante cose (i soldi, le poltrone, le librerie, il cazzo grosso) da poter essere uomo? Frank e Vittoria erano in scena, un copione lungo e denso – e che si contorceva e alimentava sempre di più, dato che fino a quel momento erano risultati inefficaci i tentati colpi di teatro: io non avevo reagito con l'entusiasmo previsto alla visione della postazione da gaming di Frank; Aby, davanti al cucciolo di gatto che dormiva in una cuccia nella mansarda (che "Un domani, ovviamente, sarà la camera dei bimbi") aveva semplicemente detto "Non mi piacciono i gatti". Aby mi stringeva la mano, io stringevo la sua. Poi si alza, va in bagno. Io resto in silenzio, Frank mi parla di una cosa che ha fatto su *Minecraft*, Vittoria gli fa una foto – lui fa finta di non accorgersene, continua a parlare. Mi vibra il telefono in tasca, lo tiro fuori e Aby mi ha scritto: "Ho pisciato per terra. Dobbiamo scappare." Io sorrido, torno a guardare Frank, alzo un dito come se fossimo a scuola: "Non avrei mai pensato che potessero esistere case così, coppie così," dico – mentre in realtà volevo dire altro, volevo dire che si era fatta ora di scappare, un impegno imprevisto, qualcosa del genere. Lo dico con un tono asettico, da dispaccio militare. Loro due infatti sorridono, lui mi fa un occhiolino, dice: "Pure tu e la Aby mò piano piano vi sistemate, sono sicurissimo," e lei: "Ma sì, certo, e poi veniamo noi a trovarvi," e io: "Ma io e l'Aby siamo già sistemati," e loro si guardano un attimo, lui solleva le sopracciglia per un attimo, lei annuisce convintamente mettendosi in bocca un'oliva, vibra ancora il telefono. "Sto venendo di là, siamo pronti a correre via?" scrivo un velocissimo "Sì". Ridemmo, ridemmo, ridemmo: la strada di casa fu tutta un ridere, un mandare affanculo, un ripercorrere ogni attimo del delirio di plastica in cui ci eravamo trovati – e lo facevamo camminando per mano, per mano, le mani strette, le dita tra le dita, una specie di pugno a due che prende la forma di un cuore: per mano, noi due, camminando, per strada: da quanto non succede? Da quanto?

Non so che cosa penso, non so dov'è che scivolo, Aby, mia piccola caverna, mio buio: come farò a mentirti per tutto questo tempo?

Sarai una persona morta, morta *davvero*, succederà forse davanti a me, succederà durante una parte di vita vissuta insieme, non in un domani lontano e remoto e fumoso, morirai non come moriranno tutti, no, sarai morta *davvero*: tra pochi anni, forse mesi.

"*My demon is in this way of loving you*": una frase di Jonathan Franzen, il tuo autore più odiato ("Mi ricorda quella deficiente della mia ex, non parlava d'altro, con te sto bene perché non parli di Franzen, di McEwan, di Frost, tu parli degli incubi che fai, delle donne vampiro che ti succhiano sangue dai capezzoli, e questo mi fa stare bene"), una volta te l'ho scritto su un biglietto che però non hai mai trovato, è ancora lì nel primo cassetto, spiegazzato tra gli appunti e le matite spezzate.

Aby, mia piccola ragazza dai capelli strani, mio scavo: come farò ad amarti per tutto questo tempo? Se il mio amore, da sempre, consiste soltanto nel desiderio di essere come te: come potrò amarti adesso, adesso che non vorrei mai essere come te?

Sarai una persona morta, morta *davvero*, succederà forse davanti a me.

Non puoi essere pronta a mancarmi per sempre.

Non sono pronto a sentire la tua mancanza per sempre.

La strada di pietra bianca su cui cammino sembra costruita con ossa sbriciolate. Le case gialle sembrano bruciate da un sole antico migliaia di anni. Qualcuno si affaccia a un balcone e sbatte una tovaglia sporca, mi cadono addosso delle briciole.

Sollevo la testa, è una signora, ha gli occhiali grandi, le braccia molto gonfie, mi guarda e non dice niente, rientra in casa. Mi spazzo via dai capelli e dalle spalle grosse briciole marroni. Voglio avere la capacità di arrampicarmi sul muro giallo e scrostato, raggiungere la ringhiera del balcone, entrare nella casa sfondando la finestra, afferrare il collo grasso della donna, morderlo, strappare via quella pelle schifosa che avrebbe un sapore di trippa al sugo, poi prendere un coltello, aprire quel corpo vecchio e flaccido e orrendo. Voglio, ma non posso averla. Non posso averla perché non posso farlo. La violenza non è nella mia natura. La violenza è una tentazione. Quella notte lei ascoltava un video su YouTube, forse una conferenza di Philip Roth, il volume basso per non svegliarmi, ma io ero sveglio, e ascoltavo, e quello che forse era Philip Roth disse: "*I am not violent by nature. But violence is a temptation every day.*" Quella notte feci sogni orribili, incubi con donne vampiro che mi mordevano i capezzoli. La violenza non è nella mia natura. La violenza è una tentazione. Un richiamo perennemente presente in me, ma che so ignorare: non è nella mia natura, è una tentazione. La tentazione di eliminare gli ostacoli nel modo più rapido ed efficace (la violenza è il modo più rapido ed efficace, sempre: eliminare ciò che ostacola la mia serenità sarebbe facile e definitivo se cedessi alla tentazione della violenza) – il tumore di Aby, però, no, quell'ostacolo nel suo cervello, non si potrebbe rimuovere con la violenza, è impossibile, ci vorrebbe la scienza, ma la scienza dice che non si può e, mentre alzo gli occhi da terra, mi accorgo che ho sbagliato strada, sono in un vicolo cieco, puzza di polpette di carne al sugo, sul muro frontale un'enorme edicola votiva. Sant'Antonio, barba bianca, un maiale ai suoi piedi. Quando ero piccolo questa statua mi faceva paura. Il santo della malattia che ogni tanto veniva a mia nonna, il fuoco di sant'Antonio. Identico al personaggio di Saruman del *Signore degli Anelli*, ma con il vestito marrone, lungo, una corda alla vita.

Guardo negli occhi la statua. È fatta molto male, gli occhi strabici, la faccia di una forma irreale. Guardo in basso, delle candele rosse accese. Mi piego, le soffio via, poi torno indietro, riprendo la strada. Bianca, ossuta, bagnata di umidità o di qualche pioggia mattutina di cui non mi sono accorto. È difficile accorgersi di cosa succede, qui, per me, da sempre. Conoscere il mondo fuori richiede un impegno estremo. Capirlo è impossibile.

Non so a cosa sto pensando e non so esattamente dove sono. L'aria continua a puzzare di qualcosa di cucinato mentre mi allontano, mentre evito una pozzanghera e perdo l'equilibrio, mi appoggio a un muro, la mano mi resta sporca di pietra gialla, la spazzo sui pantaloni neri. Mi fa male la tempia destra, mentre prendo una strada a destra, di fronte mi si apre una piazza, tanti bar la circondano, guardo le insegne, leggo "Baby Lone", velocizzo i passi, quasi scivolo sulla strada che è una distesa di ossa. Raggiungo un tavolo, mi abbandono su una sedia.

Sento una fitta rovente salire dalla caviglia destra all'osso sacro. Erano questi i sintomi del fuoco di sant'Antonio della nonna? Lei diceva che aveva iniziato a soffrirne dopo la morte di mia madre. Ha iniziato a parlarne quando ero in prima elementare, e le maestre cominciavano a farci fare i lavoretti per la festa della mamma. Mise una videocassetta di un film di Batman. "La mamma e il papà di Batman sono volati in cielo quando lui era piccolo. E proprio per questo motivo lui ha deciso di diventare un supereroe." Me lo spiegò così, che i miei erano morti, tracciando i punti in comune tra me e Batman: la possibilità di diventare un supereroe, ma specialmente l'aver perso i genitori da piccolo in modo improvviso. Mia nonna ancora oggi ricorda quel me bambino davanti a quella videocassetta: lo racconta come uno dei momenti più difficili della sua vita. Il suo fuoco di sant'Antonio peggiorò, in quel periodo. Eppure io reagii nel modo meno problematico possibile: senza piangere, ascoltando attentamente, restando in un silenzio assorto. La notte, però, misi la testa sotto il cuscino e urlai: per la vergogna di non aver capito, per la rabbia di vedere il mondo che si ristabiliva in un modo del tutto inatteso, perdendo la sua logica e la sua linearità. Non avevo mai pensato (non lo avevo mai *capito*) di essere diverso dagli altri. La nonna era la mia casa. Era la mia mamma e il mio papà. Quella notte, invece, a sei anni, capii che la mia vera casa chissà qual era: e che non avrei mai avuto qualcosa che invece per chiunque è naturale.

Quando ho raccontato tutto questo ad Aby? Forse al nostro secondo appuntamento. Ubriaco. Quando poi lei scoppiò a piangere, affondò il viso sul mio petto: "Devi promettere che non berrai mai più così tanto. Mia madre beveva così." Non le chiesi dov'era ora sua madre, anche perché lei sollevò il viso, mi guardò con le guance rosse e un sorriso stretto: "Sono una cretina, mi sembro un personaggio di qualche libro di Sally Rooney." Io non capivo, non sapevo ancora niente dei suoi romanzi preferiti, le accarezzavo la testa. "Tu ti piaci?" mi chiese mentre la lasciavo sotto casa. Non ricordo cosa risposi. Lei però respirò a fondo un ultimo tiro di sigaretta, osservò la cenere che cadeva sulle mie scarpe: "Quelli che non si piacciono sono tutti cattivi." Le chiesi se voleva dire qualcosa del tipo: se non ami te stesso non puoi amare nessuno. Lei sorrise, scosse la testa in un no convinto: "Buonanotte."

Quella notte rimasi sveglio, ma al mattino non ricordavo nulla di quello che avevo fatto dopo essere tornato a casa.

"Mia madre è da qualche parte in America, è scappata lì con un vecchio professore universitario," mi scrisse lei all'alba, per la prima volta su WhatsApp e non su Instagram. E poi: "Mi dispiace così tanto per i tuoi."

"A me dispiace per tua madre."

"Stasera sei libero?"

Nuvole, tra un po' piove. Qua le nuvole sono sempre cariche di pioggia. Capisco che tra poco pioverà perché la gente accelera il passo, si innervosisce: sembrano cani che percepiscono il terremoto. Io invece mi sento un cane che non vede l'ora di tornare a casa per stare ai piedi del padrone – qualcosa del genere. Ho un brivido. Guardo il cellulare, l'incel è in ritardo.

Apro Instagram per vedere se mi ha scritto in privato. Nella home la prima cosa che mi appare è una foto postata sette minuti fa da Aby. Un selfie, si vede metà del suo viso, un solo occhio (acceso e perforante, un po' rosso), una sola metà del caschetto (nero che sembrano piume di corvo), metà del suo collo (da statua africana). Dietro di lei si intravede il muro del nostro soggiorno, la locandina dell'evento romano di tre anni fa durante il quale ha fatto da interprete a Don DeLillo. Un effetto che sgrana lievemente il tutto. La caption è la frase di una canzone del mio gruppo preferito, una canzone che le ho fatto conoscere io: "*And I only wait... for all things in this sick world... to end...*" Sopor Aeternus.

Lei non mi ha mai amato per i miei stessi motivi: lei non avrebbe mai voluto essere come me. Ma forse adesso qualcosa sta cambiando.

Mi dico questo ma fingo: fingo di non stare per svenire, di non aver ricevuto quella frase come un taglio alla gola.

Mi guardo attorno e tutto gira. Il cameriere che mi chiede cosa desidero, la signora con il barboncino nero seduta al tavolo accanto, la macchina che passa davanti a me con a tutto volume una canzone dei Sud Sound System, il cielo che si apre improvviso e il sole che mi vomita in testa un calore ustionante, le mani che tremano – me le ritrovo in faccia, premute sugli occhi, il cameriere che chiede se è tutto ok, l'aria che sa di smog, l'abbaiare del barboncino, "*Beddha, preparete, ca stasira c'è 'na festa, nde sciamu a ballare a 'nnanzi a mare,*" il vomito caldo del sole, il mio.

Stacco le mani dagli occhi, puntini bianchi e neri che si muovono, mi fanno male i capezzoli.

Nessun barboncino, silenzio quasi assoluto attorno, nessun cameriere, nessun vomito.

Nuvole, ancora. Gli altri tavoli vuoti.

Di fronte a me una persona seduta. Un cappello di lana calato fino alle sopracciglia. Due grandi occhiali neri con le lenti specchiate. Una mascherina FFP2. Del viso si intravedono soltanto due guance gonfie di barba nera e riccia. Un giubbotto di pelle nera, guanti di lana. Non fa così freddo.

"Piacere, Petrus." La voce nasale ma molto ovattata: guardo meglio, le FFP2 sono due.

"Piacere, Bruno Albate," mi alzo in piedi, gli porgo la mano, ma vedo che lui non si muove. Allora ruoto il braccio, gli offro il gomito. Resta fermo. "No, vabbe', hai ragione," borbotto mentre torno seduto: "Io pure, per un periodo, preferivo non toccare proprio nessuno." Sfilo dalla tasca del giubbotto una mascherina, ne ho solo una chirurgica, non so di quanti giorni fa. La indosso e provo a sorridergli.

"La nuova variante del virus che hanno messo in giro è molto pericolosa," dice.

"In che senso 'Che hanno messo in giro'?"

Ride, un suono soffocato: “Ti piacerebbe, eh?”

“Cosa?”

“Saresti contento se io fossi un complottista del virus, uno di quelli che sta dietro a QAnon e cose così. O no?”

“Mah, non è che mi piacerebbe. È solo che hai usato quell’espressione lì...”

“Era un modo per testarti. Per vedere se anche tu sei uno di quelli che credono che gli incel sono una sottospecie di complottisti drogati di internet.”

“Ah, addirittura, un test. Be’, io non penso queste cose.”

“Eppure ho visto che ti sei eccitato appena ho detto ‘La variante che hanno messo in giro’. O no?”

Tento un sorriso che non può vedere: “No, non mi sono eccitato. Mi aveva soltanto incuriosito.”

“Avresti potuto evitare di sottolineare proprio quell’espressione che ho usato. Invece ti è proprio salito l’entusiasmo tipico dei giornalisti di merda. Quelli che cercano lo scoop becero. O no?”

Questo continuo “O no?” potrebbe significare che è una persona insicura. Oppure è soltanto un tic linguistico. Mi sento però svuotato, e non sono in grado di ragionare come vorrei. Mi guardo attorno e intercetto lo sguardo del barista, che con un cenno mi fa capire che arriva. Ho bisogno di qualcosa che mi sostenga.

“No, davvero. A me interessa capire il tuo pensiero sul mondo. Anzi, il *vostro* pensiero. Non ti considero un complottista. *Sabotage*, tra l’altro, è una rivista che propone per lo più longform narrativi, reportage personali: no scoop, no breaking news, no clickbait. A proposito, ne approfitto per ringraziarti a nome di tutta la redazione per aver accettato questo incontro.”

Non risponde, ma forse fa una specie di cenno con la testa. Il barista intanto è accanto a noi. Petrus lo guarda, poi guarda me: “Io non prendo niente.”

“Ok,” dico. “Per me allora una Red Bull, per favore.”

“Basta?” chiede il barista con l’aria di chi non vorrebbe mai più tornare ad aprire quel bar.

“Sì, grazie,” mormoro, mentre non riesco a staccare gli occhi dalle mani di Petrus, che le ha appena poggiate sul tavolo: ha tolto i guanti di lana, e le sue dita sono completamente mordicchiate, spellate, con in alcuni punti del sangue vivo. Lui si accorge dei miei occhi che indugiano.

“A volte, quando sono nervoso, mi mordo la pelle delle dita,” ammette con un tono distaccato. “Succede da sempre, non ho un ricordo di me che non lo faccio.”

Mi limito ad annuire e a sollevare un po’ le spalle: “Pure io faccio qualcosa del genere. A ogni modo, vuoi che ti chiamo Petrus, giusto?”

“Giusto.”

“Ti vorrei chiedere delle cose che, magari, ti potrà sembrare che non c’entrino molto con l’argomento ‘incel’. Posso registrare mentre parliamo?”

Un’altra risata soffocata, stridula: “Ovviamente no.”

Il barista mi appare accanto, appoggia sul tavolo la Red Bull e accanto alla lattina lascia cadere una cannuccia incartata e uno scontrino. Non dice niente. Da una tasca interna del giubbotto recupero delle monete, tre euro, gliele allungo, lui le raccoglie dalla mia mano: il tocco delle sue dita mi fa sentire strano, mi sembra di non aver mai toccato la mano di una persona negli ultimi anni.

Mi sento sporco e strofino le dita sui jeans, non so se si nota. Il barista è già andato via. Mi gratto un occhio, e mi viene in mente una pubblicità governativa di aprile 2020, trasmessa durante la prima ondata: un anziano andava al bancomat, digitava il codice, da ogni bottone premuto sprizzava una specie di luce rossa aggiunta malamente in postproduzione, poi l'anziano con quelle stesse dita si strofinava l'occhio, e la luce rossa entrava in lui.

"Va bene, evito di registrare," dico sommessamente, mentre da un'altra tasca del giubbotto estraggo una penna blu e un piccolo quadernetto (un regalo di Natale del padre di Aby, una sottomarca della Moleskine, un taccuino brossurato, con i fogli a quadretti, buono più per la lista della spesa che per gli appunti).

"No, nemmeno appunti," quasi un rimprovero.

Sorrido, quasi credo stia scherzando: "Eh, vabbe', e allora che ci siamo visti a fare?"

"Per parlare," le vocali acutissime.

"Ma io dovrò scrivere un pezzo, non posso ricordarmi tutto quello che diciamo."

"Ti appunteresti le cose che ritieni più interessanti. O no?"

"Be', sì. Tendenzialmente sì."

"Ma se una cosa è veramente interessante non puoi non memorizzarla, senza il bisogno di appuntarla. O no?"

Sospiro, so che è inutile ribattere e non voglio perdere altro tempo: "Va bene. Niente appunti. Senti, Petrus, la prima cosa che vorrei chiederti è un po' personale, non me ne volere. Tu hai amici?"

"Sì, certo."

"Fuori da internet, intendo."

"Allora no."

"Cioè, nella tua vita non-da-Petrus non vedi nessuno."

"Non esiste una mia vita non-da-Petrus."

"Esci sempre così coperto?"

"Così coperto come?"

Annuisco, guardo il cielo per un attimo. L'idea di non avere delle domande stampate si sta rivelando un fallimento: volevo evitare di metterlo in soggezione, ma mi sarei dovuto aspettare una persona di questo tipo. Che poi, di questo tipo: in che senso? Ermetica? Irriverente? Vorrei andarmene, so solo questo.

"Nei tuoi post di Instagram racconti tutte le esperienze che hai avuto con il mondo femminile. Con una scrittura tutta tua, tanto che certi episodi risultano quasi emozionanti."

"Quasi."

"Cioè, sono scritti in modo molto sentito."

"Io vorrei che suscitassero emozioni."

"Be', lo fanno. Alcuni di più. Altri di meno."

"Quali di più? Quali di meno?"

"Mah, dai, come faccio a..."

"Potresti scrivermi in privato quali ti hanno emozionato di più e quali di meno?"

Sembra quasi allarmato, o comunque in ansia. Ma in un modo genuino. Ossessivo, certo. Ma sinceramente preoccupato della buona riuscita del feed di Instagram – o, forse, della giusta efficacia delle storie che vuole raccontare. Quindi non riesco a non dire: "Ok, ok, nei prossimi giorni faccio una selezione. Va bene?"

"Grazie, molto utile."

"Senti, Petrus, ma sul tuo Instagram, ogni tanto, appare anche una sorta di rubrica, giusto?"

"Sì, 'La pillola rossa in pillole'."

"Ecco. Fai riferimento alla cosiddetta 'Red Pill' del film *Matrix*, che negli ambienti incel ha assunto una sorta di nuova accezione."

"Perché dici sempre 'una sorta di...'? La mia non è 'una sorta di rubrica': è una rubrica di divulgazione socioculturale. Quella della 'Red Pill' non è 'una sorta di nuova accezione': è un termine mutuato da un film, ed è molto efficace per esplicare gli esiti conoscitivi che l'esplorazione del nostro mondo può determinare in chi ci entra."

Parla come se fosse un bot di voce artificiale che ripete un articolo. Didascalico e freddo. Investito dalla complessità del suo linguaggio, quasi stordito, riesco a dire solo: "Sì, scusa. Continua pure."

"Cosa devo continuare?"

Ingoio molta aria prima di rispondere. Gli guardo le mani e sento lo stomaco bruciare per un attimo: "Questo discorso attorno alla 'Red Pill'. Credo sia molto interessante."

Si sistema meglio sulla sedia, si schiarisce la voce: "I 'redpillati' sono quegli individui che sono riusciti a comprendere la vera natura del mondo in cui viviamo. Quelle persone capaci di strappare il velo delle narrazioni egemoni che da decenni ci intossicano il cervello riducendoci a meri esecutori comportamentali di un'idea sociale ingiusta. Chi entra negli ambienti incel si trova davanti alla possibilità di, metaforicamente, assumere 'la pillola rossa': ricevere una visione lucida e completa della realtà."

"Cioè, i siti, i blog e i profili social di maschi che si definiscono 'celibi involontari' in realtà nascondono un progetto di, come dire, rivelazione? Ho capito bene?"

Lo sento inspirare con il naso. Si gratta velocemente una parte di guancia libera dalla mascherina. Quando riappoggia la mano sul tavolo ho la sensazione che una delle ferite che ha alle dita si possa essere aperta ulteriormente. "Noi siamo celibi involontari a causa di una società che, da tanto tempo, ha messo in moto dei meccanismi relazionali sbagliati, fondati sull'ingiustizia e sulla violenza psicologica a danno di certi individui. Gli incel non stanno su internet per lamentarsi della mancanza di fica. Gli incel incontrano altri incel, intrecciano e sommano le proprie esperienze, fino a raggiungere una consapevolezza fondamentale: non siamo celibi a causa nostra, ma a causa di un contesto. Il contesto in cui noi millennial, specialmente, siamo nati e cresciuti, e che dunque diamo per assodato. Ma si tratta di un ingranaggio culturale perverso che va disinnescato."

"Ok: e in cosa consiste la perversione di questo contesto?"

Mi rendo conto di essere sudato. Mi tocco la fronte ed è umida. Mi guardo attorno, mi sembra che gli unici esseri viventi del pianeta siano Petrus e il barista – che mi guarda da dietro la vetrina opaca, o forse guarda la piazza, o forse guarda il vuoto. Fisso (provo a fissare) negli occhi Petrus. Mi ritrovo specchiato nelle lenti dei suoi occhiali, e mi scopro come non immaginavo: sono un niente, un omuncolo pasticciato che succhia una cannuccia e sente il battito del cuore accelerare fin quasi a fare male.

"Secondo me stai poco bene, Bruno. Ti posso accompagnare a fare una passeggiata? Non cammino un po' da tanto. E secondo me tu ne hai più bisogno di me, in questo momento."

Di nuovo: non ricordo cosa è successo negli ultimi minuti. C'è un taglio brutale, come tra le scene di certi film montati male. Sto camminando, e Petrus è accanto a me. Alti uguali, lui un po' zoppicante, le mani nelle tasche davanti del giubbotto sembrano muoversi sotto la cerniera chiusa, come se stessero impastando la pancia. La campana di una qualche chiesa suona. Le vie del centro storico sono buie e luminose allo stesso tempo, a quest'ora. Labirinti di pietra abbacinante. Le case scavate chissà quando nel tufo sono ripari, grotte oggi abbellite e vendute come "cozy B&B", ma in realtà frutto di una disperazione secolare: costruite da pescatori assediati da un clima ostile, nel vento terribile e perenne degli inverni, nell'afa atroce delle estati.

Le campane smettono di suonare, e Petrus è come se stesse aspettando quel segnale: "La perversione in cui viviamo è sotto gli occhi di tutti. Fino alla cosiddetta 'rivoluzione sessuale' c'era un equilibrio millenario: ogni uomo poteva avere almeno una donna con cui creare un nucleo famigliare. La nostra civiltà si è sviluppata in base a questo schema semplicissimo ma naturale. Una donna per ogni uomo. Dagli anni settanta del Novecento, questa normalità è stata messa sotto attacco. Le donne hanno iniziato a ottenere la possibilità non solo di avere tutti gli uomini che vogliono: la cosa veramente perversa sta nel fatto che le donne sono le selezionatrici dei loro partner. Sono le donne a decretare quale uomo possa ambire a stare con loro. Quali caratteristiche fisiche, sociali, comportamentali deve avere un uomo per potersi, sostanzialmente, riprodurre: lo decidono le donne. La perversione è nell'impurità di questo processo, che crea milioni di uomini senza partner, condannati allo stato di celibi involontari poiché non possono aver accesso alle caratteristiche richieste dalla platea mondiale delle donne occidentali – che le pretendono: in modo massificato, corale, granitico. Sei completamente fuori da ogni flusso sociale contemporaneo se: non sei bello come le donne occidentali hanno decretato che dovresti essere; se non hai un ruolo sociale all'altezza delle aspettative che le donne occidentali desiderano; se non possiedi risorse economiche adatte a sostenere la vita che le donne occidentali hanno deciso di voler vivere." Il volume della voce così basso lo rende in qualche modo piacevolissimo da ascoltare. "O no?"

Il suo modo di parlare così denso e schiacciante mi lascia poco spazio per argomentare: "Stai – o *state*, tu e gli altri della vostra comunità – mettendo al rogo anni e anni di emancipazione. Ho questa impressione."

Mi aspetto una reazione nervosa, ma invece continua flautato e pacato: "Il tuo è un bias. Non specificatamente tuo, sia chiaro. È qualcosa che riguarda tutti quelli che non hanno ancora scelto la pillola rossa. Si tratta della falsa percezione che quanto successo in quegli anni in Occidente, diciamo dal Sessantotto in poi, sia intoccabile, preziosissimo, inscalfibile e d'insindacabile centralità per il nostro mondo di oggi. Le élite intellettuali formatesi in quel periodo hanno assunto in breve tempo ruoli di potere in qualsiasi ambito della comunicazione di massa. Sono diventati scrittori, giornalisti, politici, editori, musicisti, filosofi. Le coscienze collettive sono state inchiodate, a colpi di presunto buon senso, a una visione della società che però è in netta discrasia con i dati di realtà: l'esempio lampante sono le cosiddette conquiste del femminismo, che stanno disintegrando il nucleo centrale del nostro vivere, cioè la famiglia – e che stanno causando, dunque, la sproporzione di cui dicevo prima, quella che vede molte donne per pochi maschi."

Per un attimo mi sembra di trovare una fallacia piuttosto vistosa nel suo ragionamento: "Scusa, ma allora la colpa non è anche dei maschi? Cioè, quei maschi che cedono a questi presunti ricatti della società, che decidono di risultare appetibili in base alle presunte categorie instaurate dalle donne: non sono loro, forse, il vero problema?"

"Certo," risponde netto e accomodante senza neanche pensarci. "Infatti la soluzione non sarebbe quella di ripensare il femminile: ma una rivoluzione del maschile. La soluzione consisterebbe in una negazione, trasversale e massificata, dei valori del femminismo, a partire dalle categorie socio-estetiche che le donne richiedono ai maschi." Immagino che stia sorridendo sotto le lenti e sotto le mascherine. "Ovviamente detta così è un'utopia. Ma, vedi, se i maschi fidanzati – cioè quelli che sono stati scelti da una donna – prendessero la pillola rossa, se parlassero con noi, be', capirebbero che stanno vivendo un'esistenza intossicata. Capirebbero che ogni giorno stanno combattendo per rimanere in uno status di accettabilità per soddisfare quella donna che li ha scelti – e che, in qualsiasi momento, potrebbe decidere di cambiare partner. Sono quei maschi a doversi ribellare per primi: dovrebbero rintracciare la loro vera natura, dismettere i panni del maschio occidentale che ogni giorno si agghinda per non perdere l'approvazione femminile."

Il cellulare mi vibra in tasca. "A che ora torni? Vuoi il tofu?" Mi fermo per rispondere, Petrus fa qualche passo avanti prima di voltarsi verso di me e fermarsi anche lui. "Un attimo, eh," gli dico. Lui fa una specie di verso. Scrivo velocemente: "Ok per il tofu. Mi libero tra poco." Prima di inviare decido di aggiungere: "Tutto ok?"

"Quindi sei fidanzato."

Sollevo lo sguardo dal telefono, quasi non ho capito cosa ha detto. "Sì," rispondo sbrigativamente, mentre leggo la risposta di Aby: "Sì tutto ok. A tra poco."

Ma mi accorgo subito dopo che quel "Quindi sei fidanzato", detto da lui, non è una frase innocente. E che ha capito che stavo scrivendo a una donna dal modo in cui mi sono bloccato all'improvviso.

"Senti, se per te va bene andrei via," dice con un tono che tradisce un certo fastidio.

Infilo il telefono in tasca. Ho una specie di ansia che mi fa di nuovo sudare, e un vento leggero asciuga una fronte fradicia che non sento mia.

"Scusa, ho un'emergenza a casa," e ho una fretta di aggiungere: "Ma può aspettare. Davvero." Non so perché lo dico. Respiro quanta più aria possibile e mi rendo conto che ho di fronte di nuovo quella edicola votiva: il sant'Antonio Saruman. Le candele che avevo spento sono di nuovo accese.

Petrus mi indica l'unica porta dell'unica casa del vicolo: "Bene. Se può aspettare, intendo: molto bene. Vuoi entrare?" ha una voce soddisfatta. Credo stia sorridendo.

Mi tocco la fronte, è asciutta, ma mi sembra umida: "Tu abiti qui?"

Annuisce, si avvicina alla porta di legno verde. Una nuvola rapidissima copre per un attimo la luce di un sole che, mi sembra, è fermo lì da troppe ore.

Mi avvicino all'uscio e mi investe un odore sgradevole: non è un tanfo così tremendo da spingermi ad allontanarmi, ma ho comunque la tentazione di fare un passo indietro. C'è puzza di muri umidi, mista a carta di giornale bagnata.

La specie di ansia: non se ne va. Lo so che è causata da quel messaggio di Aby. Senza le solite faccine, senza il solito nomignolo. Doveva essere: "Sì, *Gatsu*, tutto ok. A tra poco :* ." E invece no. Era un messaggio sbagliato. Forse cifrato. Che dovrei capire. Dovrei correre da lei, dal suo cancro al cervello, da lei, dalla ragazza con cui vivo da quattro anni, la ragazza che sarà una persona morta, *davvero*, forse davanti a me, durante una parte di vita vissuta insieme, morta *davvero* tra pochi anni, forse mesi. Aby. Dovrei essere con suo padre, la persona grazie alla quale pago l'affitto ogni mese da anni, a ragionare con lui sui medici da contattare, abbrancarmi al suo pragmatismo da piccolo imprenditore di successo, metterci insieme davanti a un computer e fare ricerche sui nuovi metodi curativi che in qualche angolo dell'America qualcuno sta sperimentando: occuparci di Aby, essere uomini come si deve, sul serio. E invece sono insieme a un tizio che delira sui danni della rivoluzione sessuale, che mi invita a entrare nella sua casa puzzolente accanto alla statua di un santo inquietante.

"Devo andare, Petrus, scusami."

Lui resta con la mano sulla maniglia. Mi fissa, ma sono io che fisso me in quelle sue cazzo di lenti a specchio. "Sei una persona infelice, Bruno. Peccato, credevo che le cose della tua donna potessero aspettare. Pensavo che avessi superato la prova," quasi sussurra. Vorrei chiedergli quale prova, vorrei chiedergli di che cazzo parla, ma sono quasi curioso di capire dov'è che vuole andare a parare. "Una donna ti ha scelto, una donna ti ha ritenuto all'altezza dei suoi standard imposti dalla cultura di massa. Eppure sei infelice. Forse proprio a causa di questa donna. O no?"

Mi sfilo la mascherina, mi fanno male le orecchie. Faccio un sorriso: "Il mondo non è come lo immagini tu."

Scoppia a ridere: "Be', anche il tuo articolo non verrà come te lo immaginavi, credo. E anche la tua vita non è come te la immaginavi."

Mi infilo le mani in tasca e mi avvicino alla sua faccia. Lui fa un passo indietro, e io stringo i denti: "Non sai un cazzo, tu. Davvero, non ti impicciare nei fatti miei, non so nemmeno che cazzo ci faccio qui con te."

Mi appoggia una mano sul petto. Un gesto inaspettato: non vuole allontanarmi, ma vuole calmarmi. E la sua voce, infatti, è morbida, cantilenante: "Ti hanno fatto credere per anni che la tua felicità ti attendeva tra le pieghe di una relazione amorosa. E invece eccoti qua, che mentre lavori devi mollare tutto perché hai 'un'emergenza a casa'. O no?"

Scuoto la testa come se le sue parole fossero pulci che si sono attaccate ai miei capelli.

"O no?" ripete, mentre faccio un passo avanti, mentre entro in casa sua.

“Dove sei stato? Sei tutto sudato...”

La nonna mi aspetta già sulla porta, con la sua capacità misterica di percepire il mio arrivo con minuti di anticipo. Questa è stata la nostra casa, incastrata come tutte le altre tra muri infiniti di pietra bianca e dorata. Non so risponderle. Non so dirle dove sono stato.

Ero in una stanza scura, illuminata da un paio di faretti azzurri, un letto sfatto, un’enorme scrivania con un grosso schermo poggiato sopra, una sedia da gamer, un mouse luminoso. C’era puzza di umidità, i muri sembravano intrisi di un nero intangibile. Ho rimesso la mascherina, Petrus si è seduto, ha mosso il mouse e lo schermo si è acceso. È apparso un documento word con delle scritte. Ho capito che il suo era un invito a leggere. C’era un titolo, al centro, in grassetto: **La soluzione**. E poi c’era una dedica, incolonnata a destra, in corsivo: *In onore di Elliot Rodger, Chris Harper Mercer, Alek Minassian, Faisal Hussain, Scott Beierle, Armando Hernandez Jr, Jake Davison, ma specialmente di Antonio De Marco. E in memoria di Michele Trevi. Queste righe sono per il mio primo bacio che non c’è mai stato. Queste parole sono per ogni ragazza che non mi ha amato.* Poi iniziava un muro di testo fitto, che però non ho letto, perché mi sono alzato e sono andato via, senza dire nulla. Non sono scappato, non mi sono messo a correre.

Ma era quello che stavo facendo: fuggivo da un luogo in cui non so perché ero entrato, da una persona che non capisco perché ho voluto seguire fin dentro alla sua tana da sociopatico. Non conosco tutti i nomi che ho letto, ma mi bastano Elliot Rodger, Antonio De Marco e Michele Trevi. Il primo, nel 2014, a ventidue anni, con delle armi da fuoco uccise sei persone, ne ferì quattordici, per poi suicidarsi una volta braccato dalla polizia; su YouTube era noto per i video in cui parlava del suo status di incel; poco prima dell'attentato inviò ad alcune persone un saggio, *Il mio mondo perverso*, uno straziante manifesto dove raccontava tutta la frustrazione di essere ancora vergine e di non aver mai baciato una ragazza. Il secondo, invece, un ventunenne salentino, nel 2020 uccise con un coltello una coppia di ex coinquilini, con un'efferatezza sconvolgente; in carcere, De Marco sta scrivendo un memoriale in cui esplicita chiaramente che avrebbe voluto uccidere altre coppie perché "troppo felici", e dunque per lui insopportabili; in questa forma diaristica sottolinea che la sua rabbia è diventata crescente in anni e anni di rifiuti da parte delle ragazze, una rabbia che è stata alimentata dai maschi "immeritatamente di successo" come quello che ha ucciso. Il terzo è un adolescente salentino, figlio di un noto boss della Sacra corona unita attivo negli anni ottanta e novanta: nel 1994, a soli quindici anni, si tolse la vita lanciandosi dal balcone, e a quanto pare lasciò scritto che la causa del suo gesto era l'aver subito l'ennesimo rifiuto dall'ennesima ragazza di cui era innamorato.

Mentre ero sulla soglia, un piede già sulla pietra ossuta del vicolo, Petrus mi ha chiamato. Per nome. Tutta un'altra voce, per un attimo ho creduto ci fosse qualcun altro e mi sono voltato di scatto. C'era solo lui. La luce dello schermo si era fatta così forte che quasi non gli vedevo la testa. "Ti piacciono i miei post di Instagram?" Rispondere mi era impossibile. Ho pensato al disperato senso di approvazione che una persona come Petrus prova ogni singolo giorno da anni: e lo ottiene soltanto in un modo malsano, dichiarandosi un teorico di visioni sociologiche che forse nemmeno sente davvero sue. Ho pensato alla sua vera natura, che come tutte le vere nature è sempre sepolta, nel suo caso nelle pieghe dei suoi post di Instagram: un resoconto dettagliato di tutte le sue relazioni con ragazze che ha amato o che avrebbe voluto amare, tutte naufragate in modo disperante – alcune nel tempo di un breve incontro online amputato con disprezzo dalla lei di turno schifata da quel suo corpo; alcune bruciate via dopo lunghe notti passate a chattare, concluse con numeri bloccati o minacce di denuncia per stalking; alcune, le peggiori, appartenenti a un passato in cui Petrus era una persona vera, che incontrava persone vere, e proprio in quel passato si è formata la persona che è: in quel passato ha provato a imitare l'amore per come lo praticano gli altri; in quel passato ha dichiarato i suoi sentimenti guardando qualcuno negli occhi e ne ha ricevuto soltanto frasi come "Vorrei che tornasse tutto come prima, come quando eravamo amici, non ho nient'altro da dire"; in quel passato ha visto i suoi fianchi e le sue guance allargarsi, mentre passava notti tra cibi in scatola e infinite sessioni di *Dark Souls*, mentre faticava a dormire perché nella testa lo tormentavano gli occhi di quell'ultima lei che gli ha detto "Preferisco un altro tipo di uomo" – e allora la soluzione diventava soltanto una: tenere sempre gli occhi bassi, perché se li avesse sollevati avrebbe incrociato quelli troppo belli di qualche donna che puntualmente gli avrebbe negato tutto di lei; la soluzione diventava nitida e semplice: un mondo senza donne – e un mondo senza quegli uomini che grazie al loro look, al loro status o ai loro soldi possono avere quelle donne; quegli uomini che non piangono mai di notte, quegli uomini a cui nessuno può dire “Non fare la femminuccia”. “Se ti interessano i miei post, be’, li sto utilizzando per scrivere questo libro. Vorrei che tu ne parlassi nel tuo articolo.” La luce dello schermo come un’aureola attorno alla sua testa bardata. Sapeva anche lui che non c’era nulla da dire, che non potevo fare altro che chiudermi la sua porta alle spalle.

Sul forum degli incel c'è una discussione molto accesa. L'utente PK666 si è operato alla mascella da oltre sei mesi, ed è molto deluso dal risultato. Ha postato un selfie, gli occhiali da sole Ray-Ban a goccia, i capelli neri bagnati, le labbra sottilissime, la mascella composta da due spigoli: "Sarà che a Varese sono tutte NP? Non lo so. Sarà che sono tutte fidanzate da dieci anni con qualche tagliagole immigrato? Non lo so. Io entro in un locale ed è come se non esisto. Vado in discoteca, bevo cinque cocktail, tutte quelle a cui mi avvicino mi guardano la faccia e fanno espressioni schifate." NevermoreVirgin78 è ostile: "Ma sembra che hai ingoiato un ferro da stiro." Gli risponde MyDeathNoteIsAlwaysOpen: "Questo non giustifica le NP che lo guardano e ridono." PK666: "Non ho detto che ridono, sono schifate." Black_Bamba si introduce: "Perché vi siete fissati con questa idea del cazzo della mascella!!! E ve lo dice uno che è da due anni che si è operato. I cambiamenti si vedono soltanto se cambi gli occhi, se fai attenzione a come le guardi. Imbecilli!!!" PK666: "Vabbe' calma però, che cazzo offendi?" Black_Bamba: "Non offendo. Ma sveglia, gente! Sveglia!" NevermoreVirgin78 risponde a Black_Bamba: "Bravo, dacci prova di qualche risultato allora." Black_Bamba risponde con una foto, sfocata e scura, è una ragazza addormentata, inquadrata molto da vicino, la bocca semiaperta, il lenzuolo la copre fino al collo: "Aftersex con ninfetta. Una 6, forse 7 grazie alle tette. Dopo 9 anni di secchezza." NevermoreVirgin78: "Sembra narcotizzata." MyDeathNoteIsAlwaysOpen: "Foto falsissima, sarà tua sorella." PK666: "Dalla faccia sembra una 4, altroché 6, ma per favore." Black_Bamba risponde a NevermoreVirgin78: "Si era sparata di sua volontà tre shot di MDMA, che cazzo dovevo fare?" PK666: "Ma sì, importante che poi non rompe il cazzo." Black_Bamba: "Non romperà il cazzo." GoreBusiness esordisce in risposta a Black_Bamba: "Squallido. Ninfetta?? Ma zitto. Una 3 drogata. Preferisco una sega." Black_Bamba: "Oh coglione manda prove, dai, manda prove delle tue grandi scopate, testa di cazzo!!! Intanto qua dentro mi sa che sono l'unico che l'ha messo in bocca a una 6 forse 7, con prove pure. Merdeee!!!" PK666 chiude il thread con un ultimo messaggio: "Grazie bastardi vado a tagliarmi le vene."

Non ricordo come sono arrivato qui a casa di nonna. Prima, mentre camminavo senza sapere che stavo camminando, per essere sicuro di esistere ancora ho toccato il livido sull'avambraccio. C'era, faceva male. Mi sono sfilato la giacca, ho sollevato la manica della felpa fino a vedere la macchia grigia. Ci ho appoggiato il naso e ho cominciato a respirare forte. Il fatto è che non sento di avere un corpo. Da ore. Quel corpo che, forse, certi incel sentono come uno strumento che non funziona: il corpo che può essere liscio o peloso, muscoloso o cadente, fino o largo, piacevole soltanto nel volto, sgradevole nel volto ma buono nel resto, robusto o gracile, con il cazzo potente, inerme, bello, storto, chiaro, rosso, nero di peli, glabro. Com'è il mio, di corpo? Non sento di avere nessuna caratteristica.

Ho paura di vedere Aby. Vorrei aprirmi la testa e strappare via il cervello con le unghie. Anzi, no. Vorrei che lo facesse Aby: sia a me che a se stessa. Le calotte craniche aperte di entrambi, vuoti entrambi. Il sangue sparso sulla sua scrivania, sul tappeto brutto, sul mio pc che ormai uso soltanto per l'home banking e pagare l'affitto. Provo a fissare questa immagine nella testa, perché mi fa sentire bene.

“Nò, ero passato un attimo per salutarti.”
“Ti serve niente? Vuoi farti una doccia?”

"No, no. Un poco d'acqua e basta, sto stanco."
"Vieni, entra. Ma che hai fatto?"
"Niente, sto in giro da tutto il giorno."
"L'affitto l'avete pagato?"
"Domani."
"Mi raccomando, non ti dimenticare."

La casa profuma di panni stesi e di detersivo per i pavimenti. Un vago sentore di dolce. Sicuramente sta preparando gli agnelli di pasta di mandorla da portare in chiesa a Pasqua. Questa casa è una stasi: se sono qui dentro tutto ciò che accade fuori è fermo. Questa casa è un congelatore di momenti, abbatte la mia infanzia e la mia adolescenza come si fa col pesce fresco, ne elimina le parti nocive, ne conserva il meglio: è un nido di nostalgie che non riesco a sopportare a lungo. Il tavolo di marmo su cui io facevo i compiti e lei cuciva i fazzoletti per le statue delle Madonne è sempre uguale. Il doppio lavandino, uguale, dove da un lato lei apriva ricci di mare, e dall'altro io mi lavavo le mani sporche di terra, dopo aver fatto il portiere nel campetto di calcio qui accanto. Il mio letto, dove ho dormito sempre solo, dove nessuna ragazza mi ha mai seguito. I poster dei Type O Negative, dei Theatre Of Tragedy, dei Nine Inch Nails, dei London After Midnight. Ma non entro mai in quella camera, quando vengo a trovarla – da quattro anni, da quando l'ho lasciata. Non sono più entrato, perché non posso: c'è un mostro sotto il letto: la mia felicità di bambino che non ha ancora capito, non ha ancora saputo.

Mentre piscio – e mi sembra di sentire una vaga puzza di Red Bull – mi mordo forte il palmo della mano. Poi mi volto verso il lavandino. Una sfilza di prodotti per la cura della pelle allineati. Uno spazzolino al carbone che le ho regalato io, un dentifricio agli agrumi. Delle boccette vecchie, evidentemente usate molte volte, sembrano venute fuori dallo studio di qualche alchimista da libro fantasy. Sono poste ordinatamente in fila sul bordo dello specchio: dei foglietti appiccicati su ognuna, delle scritte a penna nel suo corsivo tremante e incomprensibile.

Bussa piano alla porta: "Bruno, scusa, non ho spostato i rimedi..."

Apro, le indico lo specchio: "Non li ho toccati."

"Lo so, lo so che tu non tocchi, ma ora li porto di là, che stanno più sicuri." Con un lieve affanno prende le boccette e se le stringe al petto.

Mentre esce le sorrido: "Quale amica stai salvando?"

Lei rimane seria: "Una ragazza giovane del gruppo di preghiera. Non riesce a fare figli."

Annuisco ma lei è già fuori dal bagno, che caracolla verso la dispensa dei rimedi che tiene in uno dei cassettoni del comò in camera da letto.

Richiudo la porta. Mi piego verso il lavandino, apro l'acqua fredda, ne raccolgo quanta più possibile con le mani e me la lancio in faccia. Le gocce mi bagnano il collo e la maglietta mentre mi sollevo e incrocio la mia immagine nello specchio. Per fortuna è come se non fossi lì. Ho la vista appannata. Getto il volto tra le pieghe di un asciugamano, sento l'odore della nonna, per un attimo mi disgusta, ma subito dopo ho voglia di correre di là – al tavolo di marmo, dove ciò che accade fuori è fermo – e dirle tutto.

Non devo spiegarle il significato della parola "glioblastoma".

Fa sì nervosamente con la testa come se nominassi una brutta storia di cui non sentiva parlare da anni. Ma poi non reagisce come mi aspettavo. Sì, piange, ma senza singulti, senza urla: lacrime, moltissime, ma silenziose. Lacrime le gocciolano sul collo e sul vestito. Non riesco a guardarla senza sentirmi umido anche io. Senza singulti. Senza urla. Respira bene, parla bene.

"Papà suo conosce tanta gente. Non bisogna fidarsi mai della prima diagnosi."

Non le rispondo. Allunga un braccio sul marmo freddo, mi cerca la mano. Non ricambio il gesto. Non ci tocchiamo da anni, e non ci siamo mai toccati più di tanto. Se adesso ci toccassimo le mani mi rimarrebbe nella mente, per sempre, questo ricordo, e al suo funerale avrei voglia di raccontare a tutti questo momento. Invece voglio che tutto sia un passaggio, una parentesi. Aby vuole continuare a fare tutto come se nulla fosse. Io invece voglio che tutto questo passi come un episodio tra i tanti.

"Quella volta che trovarono quella cosa al cervello di Aby", alla pari di tanti altri "Quella volta che...".

Questo pensiero mi fa sentire un cretino. Stacco il braccio dal fianco, lo appoggio sul marmo, raggiungo le dita della nonna. Non la guardo. Sussurro: "Tu puoi fare niente?"

Quando torna dalla sua camera da letto ha con sé un piccolo cesto di vimini. Ci guardo dentro. Tre cerini votivi rossi, con sopra una stampa di un primo piano dipinto di sant'Antonio; una boccetta chiusa con un tappo di sughero, con all'interno un liquido che sembra olio; un fazzoletto di stoffa bianco ben piegato.

"Quando sei venuto qui non dormivi mai. Avevi un anno, più o meno, ma è chiaro che avevi capito tutto quello che era successo. Dentro alla macchina dell'incidente c'eri pure te, alla fine. E non sono mica cose che a uno gli passano addosso lisce, queste. E io avevo capito che ti era entrato qualcosa dentro. Non solamente i pezzetti del vetro della macchina, che ti erano entrati nella pancia. Ti era entrato dentro qualche cosa che la gente non la riesce a vedere, non la riesce a capire. Pure a me mi è successo. Quando il nonno tuo è morto, per esempio, ti ricordi?"

Avevo sei anni, nella memoria ho soltanto la sensazione tremenda di ripercorrere un istante: io che mi piego verso un vecchio che sta steso in una bara, gli bacio la fronte, puzza di olio d'oliva, mi lascia le labbra unte e freddissime.

"Quando è successo che è morto, stavo lì. Accanto a lui, stavamo dormendo. Ho sentito come se lui mi avesse scosso le spalle per svegliarmi. Ho aperto gli occhi, e invece stava accanto a me, che dormiva come sempre, con la bocca un poco aperta. Però invece era morto. E a me in quel momento mi è entrato qualche cosa dentro. Non si può spiegare bene che cos'è, mica è una cosa scientifica, mica la vedono tutti. Però quando uno, diciamo, 'incontra' le cose brutte, ecco, quelle cose brutte lasciano dietro una specie di scia, una specie di atmosfera. Non mi so spiegare meglio."

"Ho capito."

"Eh, a posto. E quindi, hai capito pure che è successa una cosa così alla Aby, no? Quando è successo il fatto della mamma sua, per esempio, può essere successo che..."

"Così tanti morti..."

"Eh?"

"Niente."

"Dimmi."

"Ci sono troppi morti. Troppi, troppi. Stanno dappertutto. Ci sono molti più morti che vivi."

"E certo, Brù. Il mondo è dei morti. È fatto di morti, il mondo."

"E lasciano una scia, un'atmosfera, i morti."

"Bravo, esatto, hai capito. E questa scia ti entra dentro. E non si può tirare fuori. Bisogna pulirla. Come quando il nonno tuo beveva molto vino, per esempio: la mattina dopo mica lo vomitava, il vino, ma doveva bere tanta acqua, così il vino cattivo veniva mischiato con l'acqua buona, e perdeva il potere cattivo, il vino, e tutto il corpo poi piano piano stava meglio."

Mi accarezzo la fronte. Ho voglia di bere vino. Lei tira fuori dal cesto i tre ceri. "Sant'Antonio è molto potente. Bisogna accendere tre di questi, la sera, prima di mettersi a letto. E pregare un po' davanti alle fiammelle. Poi però inizia la cosa importante. Dopo che hai finito di pregare, devi avvicinarti quanto più possibile al fuoco e devi respirare forte. Ma non solo respirare forte: devi proprio ingoiare l'aria, l'aria che sale su dai cerini. Hai capito?"

Non rispondo, intanto prende la boccetta e me la piazza davanti agli occhi. Parla chiara e lenta come fanno in certi tutorial che puoi trovare su YouTube per riparare qualche oggetto rotto: "Questo è olio benedetto."

Penso ad Aby come a un oggetto rotto. La testa aperta, il cervello messo via. Io accanto a lei nella stessa condizione.

"Olio d'oliva naturale, vero, non di negozio, olio buono come quello che faceva il nonno tuo. Però benedetto."

Oggetti rotti, lei e io. Ma immersi in una pace bellissima, sul divano, la scrivania ormai inutile, il computer ormai inutile.

"Chi lo ha benedetto?"

Fa un mezzo sorriso imbarazzato: "Che c'entra mò 'sta domanda? È benedetto e basta."

Faccio pure io un mezzo sorriso: "Nonna, l'ha benedetto don Andrea?"

"Sì, va bene, sì, l'ha fatto don Andrea."

"Mmm..."

"No, lo so a che pensi. Ma non sono vere le cose che dicono. Sta bene. Ogni tanto c'ha i momenti bui, come tutti. Ma è una bravissima persona."

"Ok, ok, io non voglio sapere niente di 'ste cose, nò, figuriamoci."

"È una persona che ha sofferto tanto, e per questo mi faccio benedire le cose da lui."

"Questo metodo te lo ha insegnato lui?"

"Sì. E lui lo ha imparato da un santo. Un santo vero, che stava a Gallipoli tanti anni fa. Non lo fa più nessuno, siamo rimasti in pochi. Dopo che i comunisti hanno preso il potere tutti hanno iniziato a vedere certe cose come roba stupida."

Rido: "Nonna, ma quali comunisti? Che dici?"

"Te non eri ancora nato, ma c'è stato un periodo che qui erano tutti comunisti, tutti atei, che se parlavi di certi argomenti ti prendevano in giro. E tutto questo sapere ha perso valore, pochissimi hanno avuto il coraggio di continuare."

Sospiro e faccio finta di annuire: "Non lo so, nò, mi sembrano discorsi che non faresti mai..."

"Ma vabbe', mò ascoltami, che c'è la parte più complicata. Dopo che respiri e ingoi tanta aria del cerino, devi bagnarti un dito con questo olio. E devi chiedere alla Aby una cosa che è un po' delicata."

"Cioè?"

"Devi spalmare l'olio su un'entrata del corpo suo." Ha le guance improvvisamente rosse. "Entrate segrete, diciamo. Hai capito? Come quella... di dietro, per esempio."

So che le costa fatica dire certe cose. Ma lei sa che da parte mia, in questo momento, c'è un totale abbandono. Sono io che le ho chiesto se poteva aiutarmi. Io: che non ci ho mai creduto davvero, che non l'ho mai ascoltata. Che ho sempre annuito ai suoi discorsi su Dio, ma lei nei miei occhi ha sempre visto un disinteresse incolmabile. Lo spazio profondo tra me e lei corrisponde a Dio: Dio che per lei è qui, sempre, nelle pratiche e nei comportamenti; Dio che invece per me sono tre lettere stampate in certi libri, perché non ho mai sentito "la Sua mano calda e divina sul petto", perché quando a quindici anni lo pregavo ogni notte ("Fammi trovare una fidanzata") non mi ha mai ascoltato, e dentro di me quella rabbia è diventata una banale forma di ateismo.

Eppure, ora, eccomi: tre cerini di sant'Antonio, una boccetta di olio benedetto da spalmare sul buco del culo della mia ragazza. Non spero che questo possa avere anche lontanamente a che fare con un tumore al cervello. Eppure, ora, eccomi: "E poi?"

"Poi devi soffiare."

"Come soffiare?"

"Dentro di lei. Nell'entrata che hai benedetto con l'olio."

Mi immagino piegato tra le gambe di Aby. Lei stesa a pancia in giù, io con il naso tra il suo culo, freddo, color caffellatte, miracolosamente sodo e al contempo soffice. Io che soffio. Lei che inevitabilmente gode, e crede che stia per penetrarla. O piange, e mi dice di smetterla immediatamente, che non ha voglia, che le regole le conosco, che è lei che deve invitarmi nella caverna.

"Per quanto devo soffiare?"

"Fino a quando non senti che l'aria santa che hai dentro finisce. E alla fine prendi il fazzoletto." Dal cesto prende la pezza bianca, la apre sul marmo. "Questo me lo ha dato don Andrea. Per tanti anni è stato il fazzoletto che la statua della Madonna Addolorata stringeva in mano. Lo devi utilizzare per pulire l'entrata dopo che hai finito." Accarezza piano la stoffa, sembra pensierosa: "Funzionerà. Te lo prometto. Con te funzionò."

Ricomincia a piangere. Non riesco a guardarla. Ha gli occhi così bagnati che sento offuscarsi anche i miei.

Per tornare a casa scelgo una strada diversa dal solito. Una che passa da tre piazze di fila, connessa da una lunga via piena di negozi, chiese, bancarelle, trattorie. Sento il bisogno di essere tra la gente, toccare per sbaglio il corpo di qualcuno. Le persone però camminano in gruppi distanziati, nuclei di amici o parenti, che per un ormai consolidato tacito accordo occupano gli spazi in modo distanziato. Per toccare qualcuno dovrei passare in mezzo a questi gruppi, e sarei visto come un pazzo, specialmente adesso che c'è il rischio che qualcuno possa non indossare le mascherine all'aperto. Per me che cammino solo c'è unicamente la possibilità di fare una specie di slalom tra queste piccole comunità mobili.

La sera mi risparmia la schizofrenia del cielo pomeridiano: solo lampioni gialli, senza cambiamenti, che bagnano la strada e le persone di una luce che sa di sporcizia, di umidità, di estate alle porte. Provo a respirare a fondo qualche profumo proveniente da qualche trattoria, ma l'odore predominante nell'aria è quello di igienizzante per le mani.

Appena possibile decido di svoltare verso una traversa del viale principale, dove non camminano persone, dove le luci sono bianche, e la sera assume i contorni di una notte suburbana anche nel centro storico di una cittadina meridionale dove tutto è allestito come in un presepe vivente da parrocchia di periferia. Abbandono l'idea del percorso affollato perché il sentore di ansia torna a farsi sentire acuto al centro del petto, stavolta anche nella zona della gola, con un automatismo prendo il cellulare dalla tasca. Nessun messaggio da Aby. Avrà cenato da almeno mezz'ora. Però una notifica: Petrus mi ha taggato in un post.

Sul forum "blackwarriors" succedeva spesso che conoscevi qualche utente, scattava una simpatia, ci si scriveva in privato, poi però succedeva pure che l'utente era soltanto uno di quelli che voleva divertirsi umiliandoti, qualcuno a cui gli sembrava bello sbatterti in faccia il fatto che fai una vita di merda con ore spese su un forum a parlare di quanto sia brutta la versione one-shot di *Death Note* o di quanto sia debole *Naruto* dal numero 25 in poi, quella volta però con Floryanne92 è stato diverso, tutto, molto diverso, parlammo per mesi, molte ore al giorno, abbiamo dovuto svuotare almeno cinque volte la nostra chat privata sul forum perché troppo piena, ma, con ordine: il primo contatto era stato in una discussione inferocita sul forum sulla possibilità o meno di vedere prima o poi un anime decente di *Berserk*, e noi due ci trovammo in una posizione equidistante, costellata da interventi sagaci come una sorta di consolidato duo comico, e allora poi, in modo naturale, cominciammo a scriverci in privato, e nel passaggio alla chat privata lei iniziò da subito a raccontarmi di lei, principalmente del suo lavoro da traduttrice, io provavo a rendermi interessante inventando cose di me, cose piccole, più che altro distorsioni della realtà, tipo che di lavoro mi occupavo di giochi online, ma in realtà in quel periodo guadagnavo soltanto qualche spicciolo giocando a poker su un sito russo, poi dopo qualche giorno ritornammo a parlare di *Berserk*, e una mattina lei mi disse che si era svegliata sentendo su di sé un marchio del dannato come quello di Gatsu, e io le dissi che pure io me lo sentivo addosso quel marchio lì, e lei mi disse che viveva come se fosse consapevole che non sarebbe mai stata felice, e io le dissi che pure io, sì, certo pure io, e lei mi disse che ogni giorno pensava che non sarebbe mai più stata tanto sola, che alla fine l'unica compagnia concreta ero io, che io certi giorni ero per lei una spada gigante come quella di Gatsu, io per lei ero una cosa preziosa per difendersi o nascondersi dalle brutture del mondo, che spesso non vedeva l'ora di tornare a casa e stare con me in chat, e io le dissi che sì, io pure, io pure, certo, pure io così, e poi a un certo punto successe l'impensabile, cioè che lei mi disse:

"Ma lo sai che vivo a Sannicola io?", e io stavo per soffocare, "Floryanne, ma me lo dici così?", lei sapeva che ero di Lecce, ma per mesi aveva taciuto sul fatto di abitare a meno di quaranta chilometri da me, e fu lei a scrivere: "Che dici, allora? Ci vediamo?"
Il resto prosegue nei commenti.

La mia ossessione in quegli anni era fondamentalmente una, cioè riuscire a tenere per almeno una volta in vita mia la mano di una ragazza, avevo abbandonato da tempo la speranza di poterne baciare una, ma ancora credevo nella possibilità di poter creare un rapporto, un rapporto che poi magari un giorno avrebbe portato alla possibilità almeno di non risultarle ripugnante: tenerci per mano, almeno.

Prima di vedere Floryanne però ho avuto un crollo, ho pianto per ore, davanti allo specchio, guardavo la mia mascella orrenda, il mio faccione rotondo con quella barba riccia schifosa ma necessaria per nascondere il doppio mento, e guardavo i miei capezzoli penzolanti, e il mio ombelico troppo largo, e le magliette o troppo strette o troppo larghe, e i miei occhi vuoti, vuoti perché la mia vita è vuota, non avevo niente da poterle dire, niente di mio, soltanto manga e giochi online, e senza emoticon avrei dovuto reagire con il mio vero volto, sorridere con i miei denti larghi, con gli zigomi che sembrano molliche di pane gonfie d'acqua, con il respiro mozzato dal fatto che una ragazza sarebbe stata lì davanti a me a parlarmi, una ragazza col marchio del dannato come me, e mentre andavo al bar dove dovevamo vederci, davanti all'Accademia delle Belle Arti, provavo a immaginarmela, come avevo provato per mesi, ma al contempo mi dicevo che non era importante il suo aspetto fisico, se era bella o brutta era uguale, era comunque una ragazza che mi aveva dato un appuntamento in pieno centro a Lecce, una cosa che mai avrei immaginato, mi dicevo così e ci credevo, ma il problema è che però, quando è arrivata, e mi ha chiesto "Sei Petrus?", il suo aspetto ha cominciato a essere importante, molto importante, e io non sono stato capace di parlare, perché gli occhi verdi a mandorla, la camicia verde leggermente scollata che faceva intendere seni duri e freschi, i pantaloncini di jeans stretti su un culo forte e tonico, le gambe abbronzate e snelle… se ci penso ora mi si annebbia il cervello.

Mi ricordo ogni singola parola di quell'ora passata insieme lì, mi ricordo il sapore di quel caffè, la consistenza di quello zucchero, il movimento delle sue mani mentre mi spiegava un problema con una traduzione, poi di un pranzo di famiglia tragicomico, poi di una sua amica che ha cominciato a fare tatuaggi e di lei che pensava di chiederle di tatuarle sul collo il marchio del dannato di Gatsu, e il mio naso pieno del suo profumo, l'aria che non riuscivo a respirare, le pochissime parole che sono riuscito a dire, e poi il suo sorriso, il suo scatto in piedi, "Be', ora devo andare, ci sentiamo, ok?", un altro sorriso, e io che facevo sì con la testa, e la sensazione di stare vivendo qualcosa di normale, qualcosa di vero, la prima pagina di un libro normale, lo sfocarsi del mio marchio del dannato, e mentre si voltava, quei pantaloncini, quell'esplosione di verde, ho sentito una specie di fitta nel centro della fronte, come quando mangi troppo veloce il gelato, "Floryanne…", si è voltata, ancora un sorriso, "Sì?", "Sono innamorato di te", poi la vista mi si è annebbiata, non ricordo (non ho visto) cosa ha fatto, ho solo intercettato quei suoi occhi che si piegavano in una smorfia spaventata o arrabbiata, non so quando e come sono tornato a casa.

Ha risposto soltanto dopo una settimana, la chat privata era diventata uno spazio soltanto per i miei messaggi via via più lunghi, monologhi sempre più densi, ha risposto soltanto quando (sarà stato il centesimo messaggio) ho scritto: "Almeno sii onesta e dimmi cos'è stato: il fatto che sono grasso?", "Non sei tu il problema. È che questo nostro scambio tra noi due, per me, era davvero importante. E doveva rimanere uno scambio. Vorrei solo che tornasse tutto come prima. Ma è impossibile, ormai. Si è rovinato tutto."

Non avevo mai cercato la morte, ma quella notte provai a infilarmi un coltello nella pancia, entrando dall'ombelico, dopo aver bevuto molto vino, volevo strappare via tutto, tutta quella pelle eccessiva, e morire così, in quel sangue che Floryanne avrebbe sentito per sempre sulle sue mani. Poi però, col coltello in mano, mi sono fermato, il polso che tremava, qualcosa dentro mi diceva che non era quel mio corpo a dover essere punito. Non era il mio grasso l'errore, no, era un altro corpo quello che meritava di essere espulso da questo mondo, per rendere tutto più giusto, tutto più equo, non il mio corpo, no, ma un corpo perfetto, un corpo che si sentiva troppo perfetto per potersi affiancare al mio: era il suo il corpo sbagliato, non il mio, e allora sono uscito, ho urlato per strada, ubriaco come non lo ero mai stato, ho camminato con l'idea di poter raggiungere Sannicola a piedi, il coltello sempre in mano, fino al mattino dopo, quando qualcuno mi ha svegliato, faceva freddo anche se c'era il sole, avevo sete, puzza di merda, un'aiuola sporca, molti tagli sulle braccia, l'Accademia delle Belle Arti, i vigili urbani, mio padre che poi a casa mi picchia.

È vestita ancora come stamattina. Sul divano, con il computer appoggiato sulle gambe incrociate. La musica a basso volume, è l'album *Kiss Me, Kiss Me, Kiss Me* dei Cure – uno di quelli che, lo so bene, le causa un effetto madeleine che la catapulta tra corridoi liceali, un momento della sua vita che non smette di raccontarmi come quello di "Quando stavo davvero bene".

"Hai cenato?"

"No, ma non ho fame."

"Non hai nemmeno pranzato."

"No?"

"Eh, no."

"Non so, non avrò avuto fame nemmeno a pranzo. Tu hai cenato?"

"Certo."

Le occhiaie scure. Le rendono gli occhi ancora più luminosi, un colore ancora più incomprensibile, due pietre misteriose incavate nel profondo di una miniera avvelenata.

"Sei riuscita a lavorare alla tesi?"

"Pure troppo. Non voglio mai più sentir parlare di Flannery O'Connor in vita mia."

Fa una smorfia esasperata. Io mi metto le mani in tasca e guardo il pavimento. Ci sono delle briciole e qualche capello. Nessuno di noi due oggi ha passato la scopa elettrica.

"Ti posso chiedere come stai?"

"Perché non dovresti."

"Non so... scusa, era per dire..."

"Mi fa male la testa."

Mi tocco il braccio, il livido, ma immediatamente rimetto la mano in tasca. Mi odio per non saper controllare certi gesti, a volte. Lei se ne accorge: "Scusa. Oggi giuro che non ti mordo."

Alzo gli occhi al cielo e faccio una finta faccia disperata: "Sì, mi hai massacrato il braccio, non potrò mai più muoverlo, maledetta vampira!"

Sorride, ma poi subito una smorfia: "Oggi è così forte che anche i movimenti dei muscoli della faccia mi creano dolore." Passa una mano sulla testa, con l'indice percorre la riga dei capelli. Non lo aveva mai fatto prima, almeno non davanti a me.

"Mi dispiace."

"Com'è andata con l'incel?"

Sento una specie di fastidio nel sentir chiamare Petrus così. Mi siedo accanto a lei sul divano. "Mah, bene." Le accarezzo il polso.

"Ti ha fatto fare tardi."

"Sono pure passato dalla nonna."

La sento irrigidirsi: "Le hai detto qualcosa?"

Ragiono sul percorso più affidabile: bugia o sincerità? Di solito scelgo il primo, anche con Aby. All'inizio lo facevo per tutelarla da alcune verità che l'avrebbero messa in crisi – quando i primi mesi eravamo in arretrato con l'affitto, le dicevo che da *Sabotage* mi pagavano bene, ma intanto, senza dirle niente, andai a parlare con suo padre per chiedergli un aiuto, un aiuto che oggi perdura in un modo che non saprei proprio dire quando finirà. Poi, piano piano, le ho snocciolato la verità a suon di piccole rivelazioni. Oggi sa tutto, ma ci sono voluti anni. Ma anche con altre cose scelgo la bugia, come se avessi paura delle sue reazioni: se mi fa rileggere un capitolo della tesi e trovo un grave errore, per esempio, posso arrivare a dirle che è tutto perfetto, e che ci ho voluto infilare un errore io giusto perché tutta quella perfezione mi dava fastidio – lei ride forte, mi dice che sono un cretino e di cancellarlo subito.

"No, non le ho detto niente. Lo sai com'è fatta."

"Hai fatto bene, grazie."

La musica si interrompe, lei apre la schermata di YouTube, sceglie un altro disco, *The Queen Is Dead* degli Smiths.

"Le ho detto solo che stiamo provando a capire come risolvere la situazione dei mal di testa."

Di nuovo il dito sulla riga tra i capelli.

"Mi dispiace non dirle niente. Ma per ora preferisco così. Lo sai."

"Sì, certo, lo so."

"Sta bene, comunque?"

"Sì, come al solito. Un po' troppo in fissa con 'sto don Andrea, mi sa."

"Ah, quel prete lì, quello strano."

"Lui, sì."

"Mio padre dice che è pazzo. Che era allievo di un santone psicopatico di Gallipoli."

"Eh, ma la nonna è troppo fedele."

Per un attimo un pensiero che non c'entra niente – o forse c'entra – mi attraversa: suo padre quando smetterà di pagarci l'affitto?

"Che espressione assurda, no?"

"Quale?"

"'Troppo fedele'."

"Mmm, è vero. Un po' strana. O si è fedeli o non lo si è. No?"

"L'altro giorno ascoltavo un podcast di una tizia, una psicanalista, che diceva che la fedeltà non esiste. È un modo culturale per definire il possesso. La fedeltà è un recinto in cui costringiamo le relazioni."

"Ma 'fede' e 'fedeltà' sono due cose diverse. Io stavo parlando di 'fede'."

"E io invece sto parlando di 'fedeltà'."

Mi viene da sorridere: "Se fossimo in uno di quei libri americani che leggi tu ora mi staresti per dire che mi hai tradito."

Sorride anche lei: "Ultimamente la mia vita è densa e torbida come un romanzo di Faulkner, se proprio vogliamo mettere in mezzo i libri americani. Non ce l'ho proprio il tempo mentale per tradirti."

Non è la prima volta che facciamo piccoli scambi su questo argomento. Sempre con un tono un po' giocoso. Ma ogni volta non riesco a non pensare a lei con un'altra persona. Solitamente mi ritrovo in mente l'immagine di una ragazza bionda, alta, con le spalle larghe, che le infila tre dita dentro fino a farla squirtare.

"Io non ho né il tempo né la voglia." Le accarezzo di nuovo il polso. L'osso piccolo e rotondo che sporge. Ho voglia di scoppiare in lacrime. Urlare ai suoi piedi che non voglio che lei muoia. Che vorrei morire io al posto suo. Chiudo gli occhi, faccio tre respiri.

"Tutto bene?"

Non rispondo. Respiro.

Chiude il computer. La musica si spegne brusca.

Si volta verso di me, lo so anche se tengo gli occhi chiusi.

"Lo so che ti chiedo troppo." Ha una voce dolcissima. La voce che vorrei sentire prima di ogni risveglio.

Identica alla voce di sua madre: l'ho ascoltata leggere una poesia in dialetto, in un vecchio file audio che lei tiene conservato su diverse chiavette USB, "l'ultima prova che ho che mia madre è stata viva davvero" – me la fece sentire dopo poche settimane dal primo bacio, me la inviò su WhatsApp, l'ascoltai per ore, il giorno dopo avrei voluto dirle "Ti amo", ma non l'ho fatto.

Apro gli occhi. Mi sta guardando fortissimo, da vicino. Le do un bacio, breve. Lei mi accarezza il mento, non smette di guardarmi.

"Se hai voglia di mollare tutto, di scappare da me e da tutta questa storia, lo capirei. Lo dico davvero. Ci ho pensato tutto il giorno."

Due lacrime larghe e velocissime.

Restiamo abbracciati. Il profumo dei suoi capelli dopo un po' sembra cambiare, comincia a ricordarmi un odore dell'infanzia che non riesco a definire. Le accarezzo la nuca. Mentre piange piano bagnandomi il collo finisco per incastrarmi in una rete di pensieri – uno dei quali ha a che fare con lei: quando mi disse il perché del suo nome. "Abigail era la nutrice di Gesù secondo certi Vangeli apocrifi. La donna che ha allattato Gesù." Ricordo benissimo che in quell'istante desiderai tantissimo i suoi seni, immaginai voracemente il suo torso nudo, i capezzoli larghi e ambrati: e il poterli leccare e succhiare per ore e ore – ed ebbi un'erezione violenta, come quella che ho adesso, e che non riesco a controllare. Mi muovo nel tentativo di camuffarla. Temo la sua reazione. La regola è sempre la stessa: è lei che decide il quando, il dove, e spesso anche il come. Non voglio indisporla, non ora che sta riversando in un abbraccio tutta la disperazione di un tumore al cervello.

Solleva la testa piano – e questo è un buon segno, perché quando è arrabbiata si muove a scatti, come un corvo.

Ha il viso bellissimo. Bagnato e sporco di trucco. Ha gli occhi bassi. Tento una carezza. Lei non alza gli occhi. Appoggia una mano tra le mie gambe. Provo a controllare il respiro.

In un gesto rapido sfila via la maglietta. Non oso ancora toccarla. Slaccia il reggiseno e sento che potrei venire in questo momento.

"Sei perfetta. Ogni volta è come la prima volta," sussurro.

Lei non risponde, si mette a cavalcioni su di me, mi avvicina il petto al viso.

Le cerco gli occhi: "Posso?"

Continua a non dire niente. Mi accarezza i capelli e mi fa leccare e succhiare per quanto voglio. Non succedeva da mesi. Da quattro anni il sesso è così: diradato, un accadimento imprevedibile. In questo modo ogni volta mantiene un tratto memorabile. E per me vederla nuda è sempre uno svelamento arcano, carico di stupore. Mentre sento la punta del suo capezzolo farsi dura sulla mia lingua ho nella mente tutti gli altri momenti in cui qualcosa di simile è successo – e specialmente il desiderio scomposto dell'adolescenza, e della postadolescenza: il desiderio immane e mai esaudito di un corpo femminile, anche non tanto perfetto come quello di Aby. Attorno ai vent'anni era diventato il desiderio immenso e incontrollabile di *un qualsiasi* corpo femminile. Il desiderio immenso e incontrollabile di poter leccare e succhiare due seni: così, davvero, stringendo coi denti, lasciando gocciolare la saliva in rivoli che mi bagnano il petto.

Vado avanti non so per quanto: fino a farla venire in un tremito e in una serie di urla brevi e acute – fino a farmi venire in un gemito lungo e doloroso: in quello che credo essere un rarissimo miracolo corporeo, senza toccarci, senza toglierci i pantaloni, com'era successo una volta, in macchina di suo padre, in un tempo lontanissimo, quando non capivamo di essere giovani e senza tempo, quando non capivamo che non avremmo dovuto chiedere di più alla vita.

Non andiamo subito a lavarci. Restiamo ancora sul divano, uno accanto all'altra, le stringo una mano, lei mi accarezza il palmo arrossato dai morsi. La guardo. Ha gli occhi spenti. Non stanchi. Con una voce apatica dice: "Potrei dirti che d'ora in poi ogni volta potrebbe essere l'ultima. Ma mi sentirei patetica da fare schifo."

Sospiro. Non riesco a trovare niente da dire. E per questo mi odio. Ho voglia di mordermi il dorso della mano, ma mi trattengo. Penso alle dita di Petrus, l'orrore che mi hanno fatto. E poi penso che potrei parlarle della "Red Pill", deviare il discorso. Magari con una mezza battuta. O qualcosa di romantico, di dolce, del tipo: "Tu sei la mia 'pillola rossa', da quando ti conosco vedo il mondo per com'è davvero." Ma forse non potrebbe capire. E sicuramente mi rimprovererebbe dicendo che mi metto sempre al centro dell'attenzione, che faccio prendere agli argomenti una direzione narcisistica. Alla fine dico: "Io potrei dire che sei la prima e l'ultima ragazza con cui potrò dire di aver fatto l'amore. Questa sì che sarebbe una cosa patetica da fare schifo. E narcisista, pure. Da fare schifo."

Un po' sorride: "Sarebbe anche una cosa falsa."

"No, quello no."

"Sì invece. Sarò la prima, ok. Ma non l'ultima."

Sento che potrebbe ricominciare a piangere. Le bacio la guancia, le cerco il neo. Poi la guardo, con la solita fitta che mi causano i suoi occhi quando li ho così vicini: "Oggi ho capito che se non avessi incontrato te sarei potuto diventare un incel anche io."

Non reagisce ridendo, o sbuffando. E questo per un attimo mi fa piacere, mi fa credere che sia sintonizzata con il mio pensiero. Molto seria dice soltanto: “Può essere, sì. Lo credo anch’io.”

Questa risposta invece mi colpisce, nello stomaco. Provo a dissimulare lo spaesamento: “In realtà, a ben pensarci, fino a te sono stato un incel senza saperlo. Parlando con Petrus ho avuto la sensazione di essere stato fortunato: ad aver incontrato te, e a non aver mai incrociato quei cazzo di siti dove si avvelenano a vicenda con teorie assurde.”

“Petrus?”

“L’incel che sto intervistando, si chiama così.”

“In che senso *lo stai* intervistando? Devi rivederlo?”

“Mi sa di sì. Non sono riuscito a tirargli fuori molto. Poi non vuole che registri, che prenda appunti. E il pezzo deve essere un longform.”

Stringe gli occhi e si preme i pollici sugli occhi: “Ho capito,” dice, come se le costasse uno sforzo enorme.

“Non è passato per niente?”

“Per un po’ sì. Ora sta tornando.”

“Scusa, forse sono io, con ’sti discorsi.” Sbuffa. Capisco immediatamente che ho sbagliato, mi pento di quello che ho detto: “No, hai ragione, sto mettendo di nuovo me al centro di tutto. Scusa, sto imparando a non farlo, non è facile.”

Fa una specie di sì con la testa. “Andiamo a lavarci, dai,” si sfila i jeans e si alza in piedi. Le mutandine del tutto asciutte.

“A volte ho la sensazione che tu abbia paura di me, Bruno.”

Le luci spente, la tapparella quasi del tutto abbassata, da qualche buco filtra un po’ di luce gialla dalla strada. Le lenzuola del letto profumano di ammorbidente. Entrambi sotto la trapunta, entrambi con gli occhi verso il soffitto. Parla come prima sul divano, apatica, ma definitiva.

"Quando parliamo, intendo. Pensi troppo prima di rispondermi, è come se cercassi le parole giuste. Me ne accorgo. È una cosa che va avanti da qualche mese. Sei un po' strano."

Mi muovo leggermente e le lenzuola fanno un fruscio che non mi aspettavo così rumoroso. "Non ho paura di te, Aby. Ma cosa vai a pensare?"

"Mangi poco, passi le ore davanti al pc. Oggi sei uscito per la prima volta dopo settimane. Ma ci pensi mai a quanto tempo è passato dall'ultima volta che siamo usciti insieme? A quando è stata l'ultima volta che abbiamo visto la Francesca e Martino, per esempio?"

Non ci penso, no. Anzi, mi fa sentire sereno l'idea di non vedere la Francesca e Martino. Non dover andare a casa loro, ascoltare lei che si vanta di come sta andando il suo podcast sul nuovo cantautorato italiano, o sorridere a lui che ci annuncia che è diventato collaboratore fisso del *Foglio* come critico cinematografico.

"Hai ragione, è un po' di tempo, sì..."

"È da prima del primo lockdown, Brù. Da due anni che non ci vediamo con qualcuno, che non passiamo una serata normale. Ti rendi conto? L'ultima volta è stata quella festa al Baby Lone, che non mi ricordo nemmeno chi cazzo è che festeggiava qualcosa."

Me ne rendo conto. Alla Francesca e a Martino non ci penso. Ma a com'era la vita prima del primo lockdown ci penso, ci penso tutti i giorni. E finisco sempre per considerarmi cattivo e marcio, perché vorrei che non tornasse mai quella vita lì. Poi però abbandono sempre questi ragionamenti – se così li posso chiamare.

E la testa mi finisce sempre ad altro.

E quella festa lì me la ricordo: caddi, scivolando su qualche cocktail rovesciato a terra, e mi storsi una caviglia, e Aby era ubriaca, e io ero col culo sul pavimento sporco di alcolici e cicche di sigaretta, e facevo fatica ad alzarmi, e Aby rideva, diceva “Ma certo che sei proprio un coglione,” e rideva, e un sacco di gente attorno rideva, e la caviglia mi bruciava.

Ma non le dico nulla. No. La testa, sì, mi finisce ad altro. Come sempre.

“E poi ti è venuta ’sta fissazione per l’affitto...”

Per esempio: l’affitto.

Vorrei accendere la luce, guardarle il volto: forse se non fossimo al buio non parlerebbe così – non direbbe queste cose.

“Non è che ho una fissazione per l’affitto... è soltanto una delle cose importanti di cui bisogna tener conto.”

“Ce lo paga mio padre. Di cosa bisogna tener conto?” Un velo di disprezzo, ma forse me lo immagino io.

“È proprio questo il punto. Vorrei arrivare al punto in cui non abbiamo bisogno dei soldi di tuo padre.”

“Ti pesa il fatto che lui ci aiuti?”

Mi sento quasi alleggerito da questa domanda. E rispondo alzando involontariamente il volume della voce: “Certo che mi pesa. Ho trent’anni e non riesco a pagare l’affitto della casa in cui vivo.”

Resta qualche secondo in silenzio. Fa una voce stucchevole: “Sbagli prospettiva, Brù. Mio padre paga l’affitto a me. A me. Non a te.”

Mi sollevo sui gomiti. Le cerco il viso nel buio: “Ma qui viviamo entrambi. L’abbiamo scelta insieme, questa casa.”

“Non è così.”

Sento un calore al centro della fronte. Di nuovo un volume involontariamente alto della voce: “Ma come non è così?”

“Io vivo qui, e mio padre mi paga l’affitto. D’altro canto, io lavoro, e scelgo di spendere i miei soldi per vivere con te. Come scelgo di dividere con te questa casa che mio padre paga. È questa la prospettiva giusta. Se pensi che mio padre e io ti stiamo in qualche modo campando, be', è logico che ti pesa."

La dolcezza del suo tono è stordente. Mi metto seduto ed è come se il suo mal di testa fosse passato in modo magicamente, maledettamente osmotico da lei a me.

"Perché parli così?"

È come se si aspettasse questa domanda, risponde senza una pausa in mezzo: "Perché i prossimi mesi saranno un inferno. Tra medici, esami, diagnosi. Tutto con la costante certezza di doversi preparare al peggio. E io non posso affrontare tutto questo con un uomo accanto che pensa soltanto all'affitto e ai bonifici di mio padre."

"Non penso soltanto a..."

"Non posso affrontare tutto questo con un uomo che ha paura anche soltanto di parlarmi, di dire la cosa sbagliata."

"Non ho paura di..."

"Ho bisogno di un uomo capace di osservare quello che accade con lucidità. Ho un cancro al cervello, Bruno. L'affitto, il lavoro che non ingrana, questa casa, la spesa: tutto passa in secondo piano."

"Stamattina hai detto che dobbiamo continuare come se fosse tutto normale."

"Sì, e le tue ossessioni o le tue paranoie non sono normali."

"Ma non ho ossessioni, Aby!" quasi urlo.

"Abbassa la voce!" urla anche lei.

Sfilo le gambe da sotto la trapunta, mi metto a sedere poggiando i piedi sul finto parquet. Le do le spalle: "Scusa."

La sento respirare nervosa. "È giusto affrontare certi argomenti, Bruno. È giusto che io ti faccia presente il quadro della situazione."

"E quale sarebbe la situazione?" mi massaggio le tempie con gli indici. "Da come la stai mettendo mi sembra di capire che io qui sono un ospite. Un ospite tuo e di tuo padre, in pratica. E che se non mi sento l'uomo che vuoi accanto me ne posso pure andare." Esaspero il concetto, perché mi sento esasperato. Un nodo alla gola.

Resta zitta, è come se avesse smesso di respirare. Mi volto di scatto e fisso il punto dove intravedo i suoi occhi. Mi guarda anche lei: "È così."

Sollevo le sopracciglia, incredulo: "È così? Cosa è così?"

Prende un respiro profondo, appoggia un avambraccio sulla fronte: "Se credi di essere la persona adatta a restare con me, be', resta. Altrimenti puoi andare. Sarebbe giusto per entrambi."

Riesco a respirare soltanto con il naso. Non voglio più parlare. Poi il mio silenzio prolungato, evidentemente, la indispettisce. Scosta la trapunta con un gesto che sa di violenza. Mi aspetto uno schiaffo – uno di quelli che negli ultimi tempi si sono fatti più frequenti, senza precisa motivazione, seguiti sempre da uno "Scusa, è 'sto cazzo di mal di testa": mi passano per la mente tutti questi colpi ricevuti in faccia, in un ritmo serrato, ne sento quasi il rumore e il dolore sottile. Ma niente schiaffo. Scende dal letto, esce dalla camera. Vedo la luce della cucina accendersi e sento che sposta una sedia. Abbandono la testa sul cuscino e ricomincio a respirare con la bocca.

Silenzio. Dopo alcuni minuti sento il rumore del bollitore elettrico. Poi di nuovo silenzio.

La immagino mentre stringe tra le mani una tazza piena di camomilla. Vorrei che i suoi pensieri si muovessero verso una direzione specifica: verso quelle cose che ci hanno resi quelli che eravamo *prima*, e non quelli che eravamo pochi minuti fa qui nel letto. Vorrei che pensasse ai primi libri che mi regalava quando abbiamo cominciato a frequentarci, alle ore passate poi stroncando *Le correzioni* ed esaltando *Il cielo è dei violenti*, nella macchina di suo padre o in quella di mia nonna. O che pensasse alla mia incapacità di baciare, alla sua esaltata incredulità quando le ho confessato che non avevo mai baciato nessuno in bocca, e quel suo "Molto bene, allora posso insegnarti come si fa in base a come piace a me" – cioè cominciando solo con le labbra, facendomi poi spazio con la punta della lingua, arrivando poi a un movimento profondo, lento e vorace, come se volessi estrarre qualcosa dalla sua gola ("Voglio sentirmi ubriaca ogni volta che smetti di baciarmi, voglio che entri in me come in una caverna, voglio che ti fai largo: con le parole, con i pensieri, con la lingua, con le dita, con il cazzo. Sempre, voglio che mi scavi. Non rimanere mai nella mia superficie. È orrenda, la mia superficie"). E invece mordo il cuscino e ho paura – con un terrore bruciante che sfila dal petto all'ombelico e poi risale alla gola – che stia pensando, con la tazza in mano, a quel me che piange davanti alla sua confessione di sentire ogni tanto la sua ex. Quel me che in silenzio si sente dire "Non riesci nemmeno a essere geloso, Bruno? Non riesci nemmeno a incazzarti con me?" O forse adesso sta pensando proprio a lei, a quella ex bionda, con le spalle larghe, quella ex che adorava Franzen, quella che la ghostava per settimane per poi tornare come se nulla fosse, quella ex che la manipolava psicologicamente, che le diceva "Ma per chi mi hai presa? Per tua mamma?", che aveva le tette troppo grosse e che l'ha spinta verso disturbi alimentari dai quali probabilmente non riuscirà mai a uscire. "Piango perché penso a quanto hai sofferto per colpa di quella lì," le dicevo. "Non devi piangere: devi impedire che con te accada di nuovo," urlava lei. "Io non sarei mai in grado di farti soffrire così," mormoravo a voce bassa. "Ma io a lei penso ancora. È più forte di me. E tu non puoi limitarti a piangere davanti a qualcosa del genere." Fu quella la prima volta che feci il cane. Mi inginocchiai, in lacrime, le strinsi le gambe mentre lei era in piedi davanti alla finestra di questa casa appena presa in affitto, gli scatoloni attorno a noi. Lei mi afferrò i capelli, senza brutalità, e mi rivolse la faccia tra le sue gambe. Non sapendo bene cosa fare, rimasi lì con il naso incastrato tra le sue cosce. La sentii scoppiare a ridere. Mi fece rimanere così per interi minuti, accarezzandomi la testa. "Alzati, dai," disse poi. Ed era tutto come se nulla fosse successo. Vorrei tanto che adesso lei pensasse solo a quel suo scoppiare a ridere. E ancora la paura: che possa sapere di questi miei pensieri, entrarmi dentro, scoprire quanto sono ridicolo e patetico – quanto sono lontano dal poter essere la persona giusta per lei in questo momento.

Sprofondo nel cuscino bagnato, in un nero lucido. Gli occhi serrati, chiusi forte – mentre percepisco i suoi passi tornare verso la camera: lenti, misurati, come se facesse di tutto per non fare rumore. Non riesco ad aprire gli occhi, non riesco a muovermi. Sprofondo. Lei è sempre più vicina. È qui, da questo lato del letto. Non respira, non sposta alcuna aria: ma è qui, si muove, qui, sempre più vicina, è qui, gli occhi non si aprono, il nero sempre più lucido, sempre più bagnato, il nero sempre più nero, gli occhi sempre più chiusi, sprofondo, e lei è qui, un passo ancora, un passo senza rumore, senza aria, gli occhi chiusi, le mani e le braccia e le gambe e tutte le parti del corpo inesistenti, io inesistente, lei è qui, muove le braccia, un braccio, lo so, alza un braccio, avverto soltanto il suo gesto, non avverto il mio cuore che batte, non avverto il mio respiro o il suo, c'è soltanto un suo braccio che si alza, e che all'improvviso ricade, una componente meccanica che si stacca dal resto, un peso che affonda e crolla su di me, infilandosi nel petto con un rumore di sterno spaccato, con un rumore di pelle che si apre e si strappa, e poi risale e poi crolla ancora, sul mio petto, apre e strappa, e non sento niente, sento soltanto i suoi occhi sporchi del mio sangue, un leggero alito di camomilla, risale e poi crolla ancora, un rumore di poltiglia rimestata, sul mio petto, e almeno vorrei la voce, la voce, cerco la voce, per urlare, almeno questo, alla fine, in questa fine, almeno questo, nel nero tutto lucido, tutto bagnato, sprofondo.

Apro gli occhi e la gola è secca per un urlo che non so da quanto dura. Mi guardo attorno, è ancora tutto buio. Tocco tutto ciò che posso. Mi tocco il petto. È tutto intero e tutto asciutto. Scatto in piedi, accendo la luce. C'è solo il letto sfatto. Ho un capogiro, ma provo a ignorarlo, corro in cucina. Sul tavolo una tazza vuota, il filtro della camomilla abbandonato gocciolante accanto. Mi muovo rapido verso la sala, accendo tutte le luci che trovo, spalanco la porta del bagno.

Lei non c'è.

Mi guardo attorno un'ultima volta. Afferro la giacca dall'appendiabiti, infilo le prime scarpe che trovo nella scarpiera. Faccio un passo verso la porta, ma mi blocco, provo a riflettere, non riesco come vorrei. Torno in camera, recupero il cellulare dal comodino: nessun messaggio, nessuna chiamata. Sono quasi le tre. La chiamo. Ma so che non risponderà. Tredici squilli, poi la voce della segreteria. Ritorno alla porta, stavolta la apro.

L'aria fuori è freddissima, avrei dovuto mettere dei pantaloni veri, questi del pigiama sono troppo leggeri. Mi stringo nella giacca, inizio a camminare, decido di provare verso il centro storico. Intanto entro su WhatsApp, scrivo "Dove sei?", la spunta rimane una sola, grigia. Cammino e provo a rintracciare l'inizio: quando si è aperto un buco nella rete in cui io e Aby ci eravamo rifugiati?

SoulEater apre un thread intitolato "IL MALE", posta una foto, su un divano nero in una stanza poco illuminata ci sono un ragazzo magrissimo che indossa una camicia bianca molto stretta e una ragazza bionda vestita con un abito da sera nero estivo molto succinto, lui guarda in camera e ha un sorriso largo che mostra una dentatura malandata, lei ha la faccia seria e guarda altrove in un gesto di sistemarsi i capelli dietro le orecchie: "Ninfetta rivelatasi NP. Stiamo insieme due ore in disco, le chiedo cosa fa, dove vive, cosa le piace, parliamo tanto. Arriva il fotografo della serata e ci fa questa foto, eravamo lì sul divano da un casino, sembravamo proprio una coppia. Dopo la foto le dico 'Oh ti va di berci una cosa da un'altra parte?' E lei mi guarda come se avesse pestato una diarrea di cane. 'Guarda forse hai frainteso,' dice. 'Io sto aspettando che il mio moroso finisca di suonare,' dice, e indica il dj del cazzo che metteva musica di merda da tutta la sera, un ricchione con gli occhi truccati e le unghie colorate. Ecco, questo è IL MALE. IL MALE VERO. Ti succhiano via la vita. E ti lasciano lì senza sangue. Sto molto male. Sono stanco di farmene una ragione."

Non risponde nessuno, tranne Swamp_Thing_From_Isengard: "Scopri dove abita. E fai quello che devi. Siamo con te."

Nel centro di Lecce c'è una spiaggia. Un mare sempre piatto, poco profondo per centinaia di metri. Localini, baretti, ombrelloni. L'estate una bolgia, corpi nudi e unti, ragazzi in slip o boxer stretti che approcciano con facilità e successo altri ragazzi in slip o boxer stretti oppure ragazze in bikini sottili o in costumi interi molto sgambati.

Nel 2018 lavoravo in uno dei bar che fanno da anello capitalista alla spiaggia, in teoria mi pagavano per fare il cameriere ma in realtà ero un tuttofare. Nel bar accanto, invece, ai tavoli c'era una ragazza che veniva al lavoro con i capelli raccolti in due trecce laterali, una dama da dipinto medievale vestita con una t-shirt nera con la stampa del logo del locale – la faccia quasi sempre resa seria dalla stanchezza, ma un corpo e un atteggiamento portatori di una freschezza sconcertante: non sudava mai, non dava mai l'impressione di non essere in ordine, pulita, una pelle scura e liscia come quella dei ciottoli che si trovavano in fondo al mare di fronte. Incrociavo il suo sguardo quando entrambi ci ritrovavamo fuori a servire ai tavoli. A volte la spiavo mentre era in pausa: fumava una sigaretta elettronica, digitava messaggi frenetici sul cellulare con un'espressione a volte angosciata, a volte rapita e sorridente. Notai un suo tic: con la mano destra tirava in avanti la spallina destra della maglietta, come se la sentisse sempre troppo stretta. Immaginavo il suo corpo umido a contatto con quel tessuto nero di bassa qualità, il reggiseno troppo stretto, il disagio nel doversi relazionare con maschi in slip o boxer attillati che ti scopano con gli occhi e che non ti trascinano di forza nel bagno solo perché sarebbe impossibile farlo senza essere visti da altri.

Dopo alcuni giorni cominciammo a salutarci. Non sempre, solo quando ci trovavamo uno di fronte all'altra. In me, però, quella figura diventava – ora dopo ora – un elemento prezioso. Dopo un paio di settimane dovetti constatare che non avevo ancora abbandonato quel lavoro proprio perché potevo vedere lei: il mio buco nella rete, il mio spiraglio nello stritolamento quotidiano del lavoro estivo, del sudore, dell'orrore rappresentato dal dover servire dei turisti in cambio di cinquanta euro al giorno retribuiti attraverso un contratto strano, privo di ogni tutela. Lei era l'appiglio del mio sguardo, l'acqua fresca, l'ombra: guardarla, solo guardarla – e, a volte, salutarla. Quei giorni scorrevano in un'apnea: o osservavo lei, oppure compivo i gesti attraverso un automatismo, mentre in realtà ero completamente chiuso in un mio castello mentale fatto di articoli soltanto iniziati e che speravo di riuscire a concludere, pezzi da inviare per qualche call lanciata da qualche nuovo giornale online, ragionamenti intricatissimi (con tanto di appunti mentali che miracolosamente riuscivo a non smarrire) attorno a film o dischi di cui avrei voluto scrivere. Riuscivo a resistere a quel lavoro esiliandomi psichicamente: nella testa avevo soltanto il lavoro che avrei voluto fare; negli occhi facevo di tutto per riempirmi quanto più possibile di quella cameriera, escludendo tutto il resto.

Una volta finii il turno prima di lei, allora decisi di sedermi a un tavolino libero con la speranza che mi servisse. Andò così. Fino a quel momento avevo sentito soltanto i suoi "Ciao" distratti e borbottati che ogni tanto mi rivolgeva. "Ciao" attorno ai quali costruivo intere ore di contemplazione beata, li snocciolavo in ogni aspetto, li decifravo nell'intonazione, nei gesti che li accompagnavano, componendo illusioni consapevoli, manieristiche, salvifiche. Ora potevo capire meglio la sua voce: ricordo ancora il suono di quel "Dimmi", un po' aspro, un po' sfibrato, che forse non rivolgeva a tutti i clienti, ma solo a quelli che più o meno conosceva, come ero io in quel momento. "Una birra media, grazie." Andò via senza dire nulla, mi servì un altro cameriere.

Mentre bevevo fui invaso da uno struggimento nuovo, un desiderio disperato: parlarle, parlarle ancora, sapere qualcosa sulla sua infanzia, sapere qualcosa sul fastidio che le causava quella maglietta, sapere qualcosa su quei capelli sempre puliti e acconciati in modo retró. Finita la birra, mi alzai per andare a pagare, e nel tragitto tra il tavolino e la cassa iniziò a vorticarmi un pensiero: "Perché deve andare sempre così? Perché anche lei non dovrà mai sapere che è un buco nella rete? Che mi sta salvando la vita?"

Oggi non ho più nella memoria il momento in cui le parlai, il cervello ha optato per una rimozione, ma deve essere stato proprio lì, lei seduta dietro a un registratore di cassa, tra le zanzare e le falene e luci giallastre di un baraccio estivo, il pavimento appiccicoso, qualche canzone orribile che usciva dalle casse: ricordo solo che quella notte mi aggiunse su Instagram, aby_gail_caska, nella bio "FL Translator/Based in Salento/Bookworm", ultima foto caricata due giorni prima, il tramonto che si vedeva dalla spiaggia dove lavoravamo, come caption un verso di una canzone, "*Now you're just somebody that I used to know*". E cominciarono i giorni più felici della mia vita: quelli in cui ti scrive un messaggio su Instagram una persona di cui non dimenticherai mai il nome, quelli in cui ti guardi allo specchio per controllare che aspetto hai, quelli in cui sai che qualcosa di prodigioso sta accadendo *anche* a te.

Ora lei è lì. La spiaggia è deserta, i bar chiusi. Il suo corpo steso sulla sabbia, le mani incrociate dietro la testa. Mi sente arrivare, mi lancia uno sguardo. "Gatsu," sussurra. "Caska," rispondo andandole accanto. Ci chiamiamo così, come i personaggi del manga *Berserk*, quando abbiamo bisogno di esprimere tenerezza. Una tenerezza che non mi sorprende: perché le guardo gli occhi, e capisco che non mi odia, e ha un dispiacere dentro.

Resto per un attimo in piedi, la guardo dall'alto verso il basso. Mi sento a disagio, mi accovaccio al suo fianco. Le guardo gli occhi, ha pianto molto.

"Hai freddo?"

"Un po'. Tu?"

"Io pure, sono uscito in pigiama."

"Sei tutto bagnato."

"Sudato."

"Hai corso?"

"Un po'. Quando ho capito che quasi certamente eri qui."

Affonda una mano nella sabbia fino al polso: "Tra un po' torniamo a casa." Sfila la mano. "Qui venivo sempre con mia madre."

"Me lo hai raccontato, sì." Vorrei accarezzare un punto qualsiasi del suo corpo.

"E qua facesti pure finta di non essere vergine." Ha una voce che non mi permette di capire se è una battuta o meno.

Annuisco, mentre con l'indice faccio dei cerchi nel punto in cui un attimo prima c'era la sua mano. C'è un odore di mare freddo. Parlo a bassa voce, come se qualcuno potesse sentirci: “Ma che è successo? Perché sei scappata così?”

Sospira. “Non lo so. Non sto bene.” Restiamo zitti per un po’. “È il cervello, Brù. Dobbiamo rassegnarci a questa cosa.”

Il mare fa un rumore morbido. “Quale cosa?”

“Non sto bene. Il cervello. Il tumore. Mi fa fare cose che non controllo.”

Ho le mani fredde, strofino sui pantaloni la punta delle dita. Mi rendo conto che speravo che saremmo stati una di quelle coppie che non nominano mai la parola “tumore”. Quella parola sarebbe stata il nostro “Voldemort”, speravo. Invece no. Lei lo dice come se fosse una parola come le altre. “Vorrei restarti accanto,” dico quasi senza accorgermene.

“Con ’ste cazzo di nuvole non si vedono le stelle,” la voce da bambina che fa i capricci.

Sorrido un po’: “E allora, a ’sto punto, conviene tornare a casa, no?”

Si solleva sui gomiti, mi cerca gli occhi con gli occhi: “Sei una persona così buona. Non meriti una psicopatica come me.”

Mi allungo e le bacio la fronte: “Scema.”

“Non lo penso davvero quello che ho detto.”

“Non mi ricordo nemmeno cos’hai detto, già cancellato tutto.”

“È che ho paura.”

“Lo so.”

“Non è vero che senza di me saresti rimasto vergine.”

La guardo, la saliva mi va di traverso. “Ok. Grazie.”

Si mette seduta. “Stanotte per un attimo ho pensato anche questa cosa. Non mi ricordo se te l’ho detta. Ma l’ho pensata. E non ci credo nemmeno io, però. Sei una persona così buona, tu.”

Faccio un altro sorriso, faccio sì con la testa. "Anche tu sei buona."

"Io non sono niente, Bruno. Niente." La voce le trema leggermente, ho paura che stia per piangere, la guardo senza riuscire a nascondere un certo allarme. "Tranquillo, non piango. Per oggi ho già dato," dice sbrigativa, mentre si alza in piedi.

Così, in questa spiaggia, sembra così simile alla Aby di quella estate, stanca ma fresca, la schiena di chi ha fatto nuoto per anni e anni, il corpo esile ma solido. La Aby di quella estate, che tra tutti gli uomini che avrebbe potuto avere ha scelto me, il più improbabile e il più incompatibile, forse. La Aby di quella estate, che era il mio buco nella rete: adesso è lei, la mia rete. Penso a questo e lei mi prende la mano, intreccia le sue dita fredde alle mie altrettanto fredde, risaliamo la spiaggia, provo a immaginarci visti da fuori e ci vedo come due fidanzati in un anime giapponese o in una serie tv americana anni novanta, e questo mi fa male: sto di nuovo costruendo nella mia testa qualcosa che non c'è, un mondo ulteriore che per allestirsi ruba elementi da un qualche immaginario collettivo. È sbagliato. Se Aby lo sapesse si incazzerebbe. Mi direbbe che le faccio scoppiare i nervi in testa con questi miei comportamenti. Mi direbbe: "Prima o poi mi farai venire un tumore al cervello."

Stringo un po' di più le sue dita, lei ricambia, fino a casa non parliamo. Ma ho nella testa delle frasi, delle citazioni, che vorrei dirle per dare senso a questo mio essere qui. Non riesco a ricordare se sono versi di poesie di Carver o di qualche altro poeta che mi ha fatto scoprire lei, o pezzi di canzoni che ascoltavo da adolescente. *If I spilt my guts, it would make a mess we can't clean up. If you follow me, you will only get lost.* Me la ripeto in mente, mi dico che sarebbe veramente fuori luogo dirle qualcosa del genere. E davvero non so se è Carver, se è Strand, se è Simić, o se sono i Bring Me The Horizon. Poi ne arriva un'altra: *If you carry on this way, things are better if I stay.* Questa è meglio. Ma è Carver, questo? Bukowski? Cohen? Cohen poeta o Cohen cantautore? O i My Chemical Romance?

Arriviamo alla porta di casa, lei tira fuori le chiavi da una tasca. Penso: "Ah, allora saresti tornata." Entra davanti a me, le guardo la nuca, vorrei sentirne il profumo – quella estate, dopo il lavoro, aveva un odore stupendo, di balsamo, sudore e crema per il corpo. L'elenco dei gesti che non facciamo più, se lo compilassi, sarebbe infinitamente lungo, infinitamente triste.

"Non ho sonno."

"Mi sa che neanche io. Ho bevuto una Red Bull a pomeriggio."

"Una Red Bull? Tu? Ma che ti prende?"

"Eh, mi ci sono ritrovato..."

"In che senso? Non penso che te l'ha offerta tua nonna..."

"No, l'ho bevuta al bar, mentre parlavo con il tipo. Mia nonna mi ha offerto un'altra cosa invece," tento un tono morbido e un po' giocoso. Vorrei provare a parlare dell'olio santo senza però rivelarle che mi sono confidato con mia nonna. Si incazzerebbe tantissimo, lo so bene.

"Cosa?" dice distrattamente, subito dopo però si volta di scatto verso di me: "Aspetta: le hai detto qualcosa di me? Bruno, guarda, se le hai detto qualcosa, io..." i denti digrignati.

"No, no!" provo a mantenere il tono di prima, un sorriso che vuole alludere a qualcosa di simpatico. "Le ho solo detto che hai ancora i mal di testa." Lei mi guarda al centro della fronte, come se volesse scavare ed entrarci dentro. “Giuro, Aby. Non le ho detto niente di tutto il resto.”

Non sembra per nulla convinta. Ma dice – i denti leggermente meno digrignati: “E ti ha offerto qualche rimedio di quelli suoi?”

“Ovviamente. Dice che aiuta contro i mal di testa.”

Resta ancora fissa sul centro della mia fronte per non so quanti secondi.

“Me lo fai vedere? Che ti ha dato stavolta?”

“No, niente, è una specie di rituale. Con l’olio benedetto. Cose così.”

“Un rituale?”

“Una specie.”

“E facciamolo allora,” la voce durissima di una sfida.

“No, secondo me non ti piace,” mormoro piegando lo sguardo verso il basso. Questa cosa, lo so, la fa intenerire, e la fa sentire anche un po’ in colpa – dato che sta facendo la rabbiosa immotivatamente.

“Ma che dici?” dice più squillante, più sciolta: “Dai, cosa bisogna fare?”

“Bisogna essere nudi, tipo.” Lo dico con un’esitazione evidente.

Ma lei annuisce e sembra sorridere. Si sfila i pantaloni, e dalla tasca di dietro scivola fuori un taglierino. Il taglierino che usiamo per aprire i pacchi che le inviano le case editrici con libri omaggio o con manoscritti da tradurre. Quando tocca il pavimento, fa un rumore piccolo, ma che nel silenzio della notte mi sembra poter echeggiare per sempre.

Guardo l’oggetto a terra, guardo lei: lei che ha una faccia senza emozioni, tira un calcio al taglierino, lo fa finire sotto il divano.

“Non è una cosa faticosa, no?”

“Cosa?”

"Il rituale. Sono stanca."
"No. No, non per te sicuramente."
Nelle mie orecchie è come se il taglierino non smettesse di cadere. Fa un caldo improvviso, ma forse è una cosa che sento soltanto io.

PARTE SECONDA

Yet, disappointment, oh, can't you see?
Is still the cause and the cardinal symptom
of my sick, sad reality.

Sopor Aeternus, *In der Palästra*

"Perché stiamo insieme, io e te?" le ho chiesto.

Con una velocità inaspettata, come se aspettasse da tanto tempo quella domanda: "Perché, rispondendo al primo vocale che ti ho mandato su WhatsApp, hai ignorato ciò di cui ti parlavo e hai scritto soltanto: 'Vorrei avere la tua voce sempre in tasca.' Per questo stiamo insieme, io e te."

Ho iniziato a grattarmi la nuca, molto forte: "Me lo ricordo."

"Non importa se non te lo ricordi."

"Me lo ricordo."

"La vorresti ancora? La mia voce sempre in tasca. La vorresti ancora?"

Ho sorriso e, senza riuscire a controllarmi, le ho preso il viso tra le mani, ho poggiato le labbra al centro della sua testa. Tra i capelli ho lasciato andare un: "Ti amo."

Credo di aver sentito un suo: "Anche io."

Dagli angoli della casa strisciano odori (olio d'oliva, aria consumata, vago sudore, l'anticalcare spruzzato sul lavandino ma non strofinato) e suoni (un uccellino, una moto in lontananza, e un altro suono di melodia aspra e secca: un campanello). Apro gli occhi in uno spalancarsi violento. Degli odori e dei suoni striscianti non c'è più nulla, se non un ripetersi del campanello.

Mi volto verso Aby: c'è, gli occhi chiusi, un leggero russare. Dalla tapparella filtra una luce sottile ma forte, mi colpisce le caviglie. Il campanello ancora, mi alzo di scatto, un giramento di testa che provo a ignorare, arrivo scalzo alla porta, non penso niente mentre guardo nello spioncino e la figura di suo padre mi appare minuscola e tondeggiante mentre allunga ancora una volta la mano verso il bottone che farà di nuovo risuonare la casa di questa orrenda melodia aspra e secca – come la sua faccia quando apro, come i suoi occhi che indugiano su di me un secondo di più, prima di entrare senza dire nulla, attraversandomi come se fossi un fantasma.

Si guarda intorno rapidamente, mentre raggiunge la cucina, solleva il coperchio della moka e ci guarda dentro, fa un leggero grugnito nello scoprire che dentro non c'è caffè.

Intanto chiudo la porta pianissimo e mi avvicino a lui: "Aby dorme ancora," sussurro.

"Lo so," risponde senza guardarmi e senza tenere una voce bassa. Apre la moka, scopre che c'è ancora la polvere bagnata del caffè di ieri, scuote la testa.

"Ti preparo un caffè," dico con una voce così bassa che temo possa non sentirmi. Fa un altro verso che interpreto come un assenso, perché lascia lì la moka e va a sedersi al tavolo, al posto che di solito è di Aby. Intreccia le mani piene e rugose. Tira su col naso, lo sguardo fermo, chiaro e sporco come un pezzo d'acciaio macchiato di calcare. Dovrei pisciare, ma provo a trattenere. Mi metto a preparare la moka.

"Come sta? Ieri l'ho chiamata diecimila volte, nu' risponde mai." La voce grassa e trascinata di chi ha dormito fino a poco fa. Simile alla mia che: "Prova a reagire, per quel che si può." Faccio un casino col caffè, mi trema un po' la mano e la polverina cade in abbondanza sui bordi del lavandino, si infiltra negli angoli, non riuscirò mai a pulirla via.

Lo sento respirare strano, tira di nuovo su col naso. O ha il raffreddore o sta piangendo. Ma non mi volto.

"Cazzo, 'sto naso che cola, da tre mesi. Da quando mi è passato il coronavirus, mi ha lasciato 'sto regalino." Il coronavirus che attaccò ad Aby, e che Aby attaccò a me, e che in quei giorni di febbre mi fece fare riflessioni tremende: su quanto sarebbe un mondo migliore se i sentimenti si potessero trasmettere in questo modo, su quanto sarebbe stato bello sputare in bocca a qualcuno che ho amato e che non ha corrisposto. "Comunque," continua, la voce sempre troppo alta, e sono certo che a breve sveglierà Aby, se non lo ha già fatto, "ho parlato co' 'u dottore Solidoro. Figlio di un collega mio, nu ragazzo dell'età tua, ma che mò è già unu grossissimu nell'ambito dei tumori e quelle cose lì. America, Islanda, Germania, ha giratu mezzu mundu. Mò sta a Pavia. C'abbiamo l'appuntamento, la prossima settimana. Bisogna avvisare l'Aby."

La fiamma che scalda la moka fa dei bagliori rossi. Sarà rimasto incastrato qualcosa nel fornello.

"Ok. Quando si sveglia le dico di chiamarti." Continuo a non voltarmi, osservo il fornello come se fossi io a guidare la fiamma con lo sguardo.

Come se non avessi parlato.

"Non si può mica rimanere co' 'na diagnosi soltanto. Pe' le cose così ci vogliono pareri, consulti. Capire se veramente c'è il problema che pensiamo, oppure se è 'n'altra cosa, meno grave. E comunque poi, se è quello che è, bisogna che capiamu le migliori cure. Le migliori. Che io mica ho lavorato tutta 'a vita a cazzo di cane. Io ho lavorato tutta 'a vita perché così, se capitava 'na cosa all'Aby o a me, c'era la forza pe' poterla affrontare. E mò affrontiamo 'sta cosa. Schiena dritta, pancia a terra, andiamu avanti."

Tira su col naso, ancora, e il suo rumore si mischia a quello del caffè che sale nella moka. Mi fa male una zona attorno all'ombelico, mi fanno male i reni, ma non voglio pisciare, non voglio lasciarlo solo qui. Non so perché. O forse sì: non voglio che si senta come se fosse a casa sua.

Mi siedo davanti a lui e lascio andare un sospiro eccessivo, quasi un gemito. Lui mi mette davanti il suo grosso telefono foderato da una custodia in pelle nera che sembra di coccodrillo.

"Guarda." Gli arrivano notifiche in continuazione, per un attimo guardo solo lo scorrere velocissimo di icone mai viste, scritte in indiano. Ma sotto il delirio delle notifiche c'è una foto. Sgranata, è una foto fatta a un'altra foto. Una bambina coi capelli folti, quasi ricci, un mare chiarissimo alle sue spalle, l'acqua fino alle caviglie, soltanto degli slip, un corpicino color caramello e un po' ossuto, gli occhi stretti al sole, un sorriso gigantesco e bianco. "Vistu com'era bella?"

"Aveva i capelli diversi."

"Eh, dopo i sette o otto anni le sono cambiati. Qua ne aveva cinque più o meno, di anni. Bellissima. Bellissima. No?"

Faccio fatica a ingoiare. Accarezzo lo schermo, sembra unto. Faccio un piccolo zoom sull'ombelico. Poi sulla bocca. Un sorriso gigantesco e bianco.

"Non l'ho vista mai ridere così."

Mi toglie il telefono dalle mani, senza essere brusco: "Ma sì che l'hai vista, è che mò non ti viene in mente. Il sorriso suo è, alla fine. Sempre quello."

Se potessi urlerei che no, non è così, non è il suo sorriso, non è sempre quello. Dico: "Me la mandi?"

"Cosa? La foto?"

"Sì." Mi tocco tra le gambe, aggiusto le mutande. Una leggera erezione immediata e improvvisa. "Mi piace molto. La foto. La vorrei guardare ogni tanto."

"Certu, iou pure me la guardo ogni tanto. Ma ne tengo pure tante altre, te le devo mandare pure quelle."

Un bruciore attorno al prepuzio: "Sì, ok, grazie, mi farebbe piacere."

"Con l'affittu tuttu a postu?"

"Sì."

"Hai detto che il prossimo mese lo paghi tu, no?"

"Sì."

"Bene. Ma non ti possono prendere co' nu contrattu fissu, quelli di 'sto giornale?"

"Eh, mi sa di no. Fanno collaborazioni, cose così."

Gira il caffè e fa tantissimo rumore facendo tintinnare il cucchiaino nella tazza, sembra provarne piacere: "Comu cazzu si fa ad aprire nu giornale e a non assumere i giornalisti? Ma che mondu te merda è?"

Non so cosa rispondergli. Muovo le gambe in un ritmo preciso per trattenere la pipì: "È un mondo complicato."

Scuote la testa. Beve in due sorsi rapidi il caffè. Fa una smorfia strana. Ancora il rumore col naso, che sembra contenere litri di muco. Mi punta gli occhi negli occhi. L'odore dell'anticalcare sembra farsi più forte. Mi sforzo, sostengo lo sguardo. È un uomo tutto bello. Sono belle le rughe profonde, la pelle scura che sembra creta, le labbra identiche a quelle di Aby, i capelli radi ma pettinati all'indietro come quelli di un qualche miliardario novecentesco, un qualche Gianni Agnelli, è bello anche il colletto rigido della camicia celeste, è bello il giubbotto di renna che veste con la stessa naturalezza con cui io indosso il pigiama.

"Bruno, io sono affezionato a te. Non come ci si affeziona ai cani, ai gatti. Mi sono affezionatu a te veramente. Perché l'Aby mica sarebbe andata a vivere co' uno chiunque. Mi dispiace che le cose coi soldi e col lavoro non ti vanno ancora come vogliamo. Però piano piano 'sta cosa si risolve, sono sicuro. No?"

Il volto leggermente contratto nell'impegno di una conversazione che fino a poche ore fa avremmo considerato impossibile: lo rende bello, preciso, giusto.

"Ma mò dobbiamo pensare all'Aby, tutti insieme, come se siamo una squadra. Te vuoi stare dentro a questa squadra? Te te la senti di stare dentro a 'sta situazione? Che non è facile, non è una cosa che succede a tutti tutti i giorni. No? Ma a noi è capitata 'sta cosa, e l'Aby tiene bisogno di noi. Di papà suo, certo. Ma pure di te."

Dagli angoli della casa striscia la luce del giorno che cresce. Non so che ora è, non abbiamo un orologio appeso, ho lasciato il cellulare in camera.

"Da bambina, una volta, stava affogandu al mare. Piccinna mia, io stavo sulla spiaggia, subito ho capito che c'era 'na cosa che non andava. E io non sono mica bravo a nuotare, ma nemmenu pe' 'n attimo ho pensato che non dovevo buttarmi e andare a salvarla. Quandu c'è 'n amore così non ti serve 'raccogliere il coraggio' o altre minchiate simili. Le cose le fai e basta."

Nella testa ho in mente soltanto Petrus: oggi lo devo incontrare di nuovo, devo ottenere altro materiale, devo scrivere un longform, un cazzo di longform, per ottenere quei cazzo di cinquecento euro, per pagare il cazzo di affitto, per far vedere a questo cazzo di Gianni Agnelli del cazzo che io ci posso stare con la sua cazzo di figlia, che non ci si deve affezionare a uno come me, che uno come me non merita affetto, uno come me non merita un cazzo di pezzo del vostro amore, e poi mi fa male la cazzo di tempia destra e ho voglia di mordermi le cazzo di mani, ma non posso farlo, perché lui e i suoi occhi d'acciaio del cazzo sono lì che si aspettano una cazzo di risposta, e allora chiudo gli occhi, i miei occhi che non capiscono che cazzo succede, che è tutto come ieri al bar, e il piscio mi riempie il corpo, mi riempie i reni, mi riempie lo stomaco, mi riempie i polmoni, mi riempie la gola, sento il piscio nella mia gola, la gola che non riesce a dire "Vattene via da casa mia", non lo riesce a dire, la gola del cazzo, piena di piscio, perché questa non è casa mia, no, sono miei soltanto gli odori, i suoni, le luci che strisciano dagli angoli di questa casa del cazzo, ed è come ieri al bar, e stringo gli occhi senza sapere che stringo gli occhi, e stringo i denti attorno a un pezzo di pelle sul dorso della mano, stringo e so che a breve lo strapperò via se continuo a stringere così, e poi mi sento toccare la spalla, e vorrei sussultare, ma se sussulto mi piscio addosso, e allora apro gli occhi, e lui è accanto a me, in piedi, una mano sulla mia spalla, stringe ma non forte, e poi quella mano si sposta sulla mia testa, la accarezza, e non so se sto respirando.

"Io non so se..." mi sento dire, con la gola che mi pare scricchiolare. Senza poter finire la frase.

"Calma, Brù, calma. Tieni ragione. Non è facile." Ora sussurra. Ora parla piano. "Respira, Brù. Ci penso io a tutto. Va bene. Te non ti devi preoccupare di niente. Pensa sulamente a farmi stare bene l'Aby. È soltantu 'na ragazza. 'Na bambina ancora. Tiene bisogno di un uomo accanto."

Fa un respiro che sembra il suono di una faglia che si apre sottoterra.

"Dai, mò basta. Veramente. Statti calmo. Io lo so come sei fatto, ho capito, non ti preoccupare."

Mi accarezza la nuca, la mano calda e nodosa. Riesco solo a richiudere gli occhi. Penso che se a lui adesso venisse un infarto, o un ictus, Aby non mi perdonerebbe mai: mi considererebbe senza dubbio una sorta di responsabile – uno che non ha il coraggio di tuffarsi in mare per salvare qualcuno che affoga. Negli occhi chiusi la casa è una caverna, a strisciare dagli angoli sono i pensieri, sono le immagini, il corpo scosso da tremiti di questo vecchio elegante, le tue urla, Aby, i tuoi pugni sul mio petto.

Ho ancora la pelle del dorso della mano tra le labbra. Un sapore ferroso, buonissimo.

Il desiderio di essere lì, su quella spiaggia: baciarti il sorriso gigantesco e bianco.

Ha chiuso la porta senza fare attenzione, ha fatto un rumore fortissimo. Ha lasciato sul tavolo tre banconote, due gialle e una verde. Cinquecento euro. Aby sicuramente è sveglia. Il piscio sembra invadermi ogni angolo della schiena, sembra inondare la spina dorsale. Quasi corro in bagno.

Piscio godendo dolorosamente, un sospiro profondo mentre guardo il soffitto. Poi guardo in basso, e sono sorpreso. Il piscio, scrosciando, faceva un rumore attutito, come quando rimane della carta igienica non scaricata: ma nel cesso non c'è carta igienica. Inondati dalla mia urina ci sono due pezzi da duecento euro e uno da cento.

"Oh, apri." Aby bussa alla porta del bagno, piega la maniglia, ma non si apre.

Non so alcune cose. La prima: i soldi. Potrei dire di non essere stato io a buttarli nel cesso, eppure sono lì. La seconda: la porta del bagno è chiusa a chiave, ma lo scopro soltanto adesso.

"Arrivo," dico a voce alta. Guardo un'ultima volta i soldi. Premo lo scarico.

Mentre Aby piscia resto in bagno. Davanti allo specchio.

"Che voleva?"

"Niente, dice di rispondergli al telefono, ha parlato con un medico di Pavia."

"Dio santo..." Si solleva, non scarica. La voce sibilante, il volume così basso che è difficile da sentire anche nell'ambiente silenzioso del bagno: "Ho da fare, ho da fare tremila cose, non posso stare dietro ai suoi medici del cazzo."

Mi passa attraverso ed esce.

Mentre Aby prepara un'altra moka io resto in bagno. Davanti allo specchio.

Mentre Aby scalda dei toast nel microonde io resto in bagno. Davanti allo specchio.

Mentre Aby guarda un video di Breaking Italy su YouTube io resto in bagno. Davanti allo specchio.

Non c'è niente.

Da bambino capitò un'altra volta. Urlai: "Nonna, nello specchio non c'è niente!" Lei corse da me, mi accarezzò la fronte sudata di freddo. "Non vedi niente?" mi chiese. "Non c'è niente," risposi, terrorizzato. Mi prese in braccio, anche se dovevo avere già sette o otto anni. Mi mise nella vasca da bagno, mi spogliò, poi riempì la vasca d'acqua, e ogni due minuti ci calava dentro dei liquidi che rendevano l'acqua una sostanza nerastra sempre più densa.

Credo che sarebbe una cosa molto buona se ricominciassi a parlare con Aby di cose riguardanti il me da bambino. I primi tempi succedeva spesso. E un po' anche in mezzo al primo lockdown, tra fine marzo e primi di aprile 2020, nello spazio vuoto tra la cena e l'andare a letto. Pure lei mi raccontava episodi della sua infanzia. Di quando c'era sua madre, o della sua precocissima vita sessuale – in seconda media aveva già relazioni con ragazzi del liceo, il ciclo da già tre anni, le tette enormi rispetto a tutte le altre coetanee – o di quella professoressa che, in gita di terza media, insegnò a lei e a un'altra ragazzina come godere attraverso il clitoride: le invitò nella camera d'albergo, alzò la gonna a entrambe, cominciò a toccarle, entrambe si ritrovarono a godere in lacrime. Quando finiva di parlarne aveva gli occhi leggeri, svuotati di un peso, le stringevo un polso, le davo un piccolo bacio sul collo, le accarezzavo uno zigomo con il pollice. Le chiesi, una volta, in un modo goffo e troppo esplicito, perché non sapevo da che lato prenderla: "È stata una violenza, quella. Vero?" Lei sembrò cercare con lo sguardo qualcosa che le orbitava attorno alla testa. "Non lo so. A me è piaciuto." Mi sentii quasi arrabbiato: "Ma ne parli con degli occhi dolorosi." Sorrise guardandomi in un modo bello: "Mi piace quando mi dici che ho gli occhi dolorosi." E chiuse così quel discorso: baciandomi una guancia, e cercandomi le labbra con la lingua: “Mi sento bene quando parliamo. Basta questo. Va bene così, Brù.”

Non era facile accettare il suo svicolare dalla discesa nel profondo di certi ricordi, accontentarsi del suo voler rimanere sulla superficie. Mi facevo bastare i suoi respiri leggeri, l’atmosfera calma che sentivo scorrere tra me e lei in quei momenti. E anche io, quando ricostruivo ad alta voce momenti di oltre vent’anni prima, sentivo di star depositando in lei scarti tossici che non avrei mai potuto ottimizzare – e che lei, invece, fortissima e lucidissima, sapeva come cancellare per sempre: con un sorriso, un abbraccio, un “Mi dispiace. È tutto passato, ora”.

Come quando le dissi: “Io mi ricordo benissimo quando ho scoperto di essere brutto.” Sul divano, era appena finita una puntata di *Sex Education*. Lei mi guardò leggermente incuriosita, sembrava sorridere. “Davvero. Ero in terza elementare. C’era questa bambina, della mia stessa età, nipote di un’amica di mia nonna. Era estate, e veniva quasi ogni pomeriggio a passare il tempo a casa nostra. Giocavamo, boh, le robe a cui giocano i bambini. E io oggi posso ancora sentire, come se fosse qualcosa di solido e tangibile, il desiderio che avevo nel petto in ogni momento passato con lei.” Aby scoppiò in un risolino: “Desiderio? A quanti anni? Sette? Otto? Cazzo, eri un maniaco.” Decisi di reagire anche io ridendo, anche se mi sentivo sgradevolmente sminuito, e dunque dissi: “Be’, non lo so, era un desiderio strano. Non volevo baciarla: volevo affondare la mia faccia nella sua, fondermi con il suo cranio, il mio teschio nel suo teschio.” Capii subito di aver detto qualcosa di inquietante, e Aby aveva gli occhi sgranati, si alzò dal divano: “Madonna, Brù, certe volte quando parli, porca troia, sembra che tiri fuori un’altra persona.” Scelsi la strada, di nuovo, della risata – stavolta un ridere fragoroso, e una di quelle frasi che lei utilizza sempre dopo aver detto qualcosa di particolarmente cattivo: "Ma no, scema, ti sto prendendo in giro!" Mi guardava da lontano, gli occhi che sbucavano da sopra alla tazza mentre sorseggiava la tisana lasciata sul tavolo a raffreddarsi. "Dai, Aby, ma secondo te sono serio?" "Sì, sembravi molto serio mentre parlavi," disse senza smettere di guardarmi, senza muovere la tazza dalla bocca. Mi resi conto che non era il caso di concludere il racconto, non era il caso di spiegarle perché con quella bambina, un pomeriggio, scoprii di essere brutto. Rimasi sul divano sorridendo – in un sorriso sincero: un altro scarto tossico, seppur parziale, era stato esportato. E l'inquietudine di Aby sarebbe passata nel giro di poco, spazzata via dalle onde sempre gonfie e tempestose del suo ego.

"Oggi a me tocca stare non so quanto tempo su Faulkner. Tu scrivi il pezzo sull'incel?"

"No, non ancora. Ci devo parlare di nuovo."

"Con l'incel?"

"Sì, mi pare che te l'avevo detto."

"Non lo so, non mi ricordo."

"Ti fa male la testa?"

"Un po'."

"Dovresti richiamare tuo padre. Era agitato."

"Sì, sì, va bene," si strappa gli auricolari dalle orecchie, quasi lancia la tazza vuota nel lavandino. "A volte mi sembra di avere due padri. Che cazzo." Torna verso la camera con pochi passi furiosi: "O due figli. Non lo so. Non sapete cosa inventarvi per rompermi i coglioni."

La seguo, lento, fino alla soglia della stanza. La guardo sfilarsi la mia maglietta che ha indossato come pigiama. Mi dà le spalle, ha soltanto le mutande nere. Sento un lieve bruciore nella zona del prepuzio. Si volta verso di me di scatto: "Puoi chiudere la porta per favore? Grazie. E buona giornata," dice, come se fossi un maggiordomo a cui ci si rivolge in modo educato ma deciso.

"Un attimo, prendo il telefono," sussurro, mentre recupero il cellulare dal comodino.

Lei non risponde. Resta con le braccia incrociate a coprirsi il seno. Mi guarda come se stessi facendo un gesto del tutto folle. Per un attimo ho paura di star facendo effettivamente qualcosa di insensato senza rendermene conto. Mentre torno verso la porta il suo sguardo non cambia: ed è rivolto verso un punto preciso. Mi guardo tra le gambe, ho un'erezione vistosissima che pulsa contro i boxer. Sento un bruciore, stavolta nella zona delle orecchie e degli zigomi.

"Scusa," dico in un affanno, mentre mi chiudo la porta alle spalle – e mentre lo faccio quasi inciampo, da solo, senza motivo: quasi scivolo, anzi, su qualcosa che non c'è.

Tra le notifiche scelgo di aprire quella che mi segnala un nuovo post di Petrus. In piedi, tra la cucina e la porta d'ingresso, mentre non c'è più nulla che striscia dagli angoli della casa. Soltanto un sole folle e cattivo sembra poter spaccare il vetro della finestra.

Alle feste, da un certo punto in poi, potevo soltanto intrufolarmi {poi le feste, da marzo 2020, hanno smesso di esistere, ma prima, alle feste, non avevo modo di essere invitato, e, be', però riuscivo a intercettarle, le feste, su Facebook, seguendo le persone e i gruppi giusti, e ci andavo, e mai nessuno mi ha cacciato, mai nessuno si è permesso di dirmi nulla, perché a Lecce sono tutti falsi ma sono pure tutti cortesi, e allora io mi presentavo in queste case universitarie, case che puzzano di erba, coi pavimenti sporchi, i vestiti lasciati ad asciugare sui termosifoni, queste case dove si festeggiavano i "giovedì universitari", dove i maschi magri o muscolosi ottenevano un pompino in bagno, dove i maschi brutti ma evidentemente pieni di soldi di famiglia ottenevano il numero di qualcuna, dove addirittura ogni tanto si presentava qualche giovane ricercatore o qualche dottorando – che ovviamente, sfoderando le giacche di velluto e il suo status, veniva idolatrato come un semidio da ogni singola ragazza presente – e a me serviva guardare, osservare, tutto, se c'era la Coca-Cola prendevo la Coca-Cola, se c'era l'acqua tonica prendevo l'acqua tonica, se c'era la Red Bull prendevo la Red Bull, tutto sempre analcolico, dovevo rimanere lucido, dovevo rimanere vigile, dovevo capire, immagazzinare, e no, non mi piaceva stare lì, non stavo bene, sentivo addosso gli occhi sporchi dei maschi brillanti e delle tipe brille, ma mi serviva, non sarei pronto ad affrontare il mondo, oggi, se non avessi fatto quelle esperienze [e l'ultima festa fu sconvolgente, perché si parlava già di virus, di pericolo pandemico, e fu tutto come un'ultima notte prima dell'apocalisse, e un ragazzo cadde e si slogò la caviglia, e la sua fidanzata era ubriaca e lo guardava e rideva e non faceva niente, e tutti e tutte erano così tanto pieni di disperazione che il mondo fuori sembrava davvero non esistere, tutto era lì in quella casa, nello stesso condominio in cui Antonio De Marco avrebbe ucciso i suoi coinquilini avvelenato da una vita infame che gli impediva di poter stringere una mano almeno una volta almeno a una ragazza, eravamo tutti lì, nel fumo di canne sciatte, tra i rumori di lattine di birra da discount, i divani sporchi di patatine, i bagni sempre occupati, e addirittura a uno come me capitò di essere afferrato per il polso da una ragazza, un po' grassa, occhi belli, tette gonfie di carboidrati, pelle liscia e bianca, capelli neri in un caschetto fuori moda, tanto trucco attorno agli occhi, un buonissimo profumo, un incrocio tra una massaia salentina e una suicide girl nordeuropea, la classificai immediatamente come una 6, anche se per un attimo fui tentato di considerarla una 5, un attimo dopo una 7 (mi stringe il polso, mi dice ciao, le dico ciao, mi chiede se sto con qualcuno, le dico no, mi chiede se ci siamo visti a lezione, le dico che non studio, mi dice beato te, le chiedo invece tu cosa studi, mi dice lettere, le dico lo immaginavo, mi chiede cosa me lo ha fatto immaginare, sorride, è ubriaca ma non troppo, è vogliosa, le dico che non lo so ma ho avuto una sensazione, mi chiede che cosa faccio allora se non studio, e io penso che eccoci: sta cercando di capire se ho soldi o se ho un qualche status, ma ho smesso di fingere da tempo, non faccio più finta di essere quello che non sono, le dico che non faccio niente, sto tutto il giorno a casa, al computer, videogame, anime, lei sorride largamente perché pensa sia una gag ma io resto serio e le dico che è la verità e le dico che mi masturbo almeno cinque volte al giorno e che probabilmente stanotte mi masturberò pensando alle sue tette avvolte attorno al mio cazzo, lei fa una faccia strana, dice che sono un tipo assurdo, ma lo dice ridendo, non se ne va, ride ancora, poi chiede dai dimmi che fai davvero, resto zitto, le guardo gli occhi belli, mi sembrano enormi, grandi come i pugni chiusi di un neonato, le leggo il labiale mentre scuote la testa piano in un "No" stranito, "Che cazzo", le vorrei dire di non girarsi e andarsene, le vorrei dire che aspetto da tutta la vita un momento simile, le vorrei dire che ho deciso di essere sincero con lei perché viviamo in un mondo di menzogne e proprio per questo io la amerei nel segno della verità e dell'onestà, le vorrei dire che mai mai mai era successo che una ragazza mi toccasse il polso come ha fatto lei, mai mai mai era successo che una ragazza mi toccasse, ma lei è già su un divano accanto a un'amica, ridacchiano nervose e nascondono gli occhi dietro le mani, io sento il peso di vivere nel peggiore dei modi possibili nel peggiore dei mondi possibili, lo sento dietro la nuca, un peso che non mi decapita, seghetta piano piano il mio collo, lento e inesorabile, la mia testa cadrà, lenta e inesorabile, tra non molto, questo sento, mentre mi bruciano gli occhi, mentre mi dico che non sarò mai più sincero, non sarò mai più me stesso, non sarò mai più)]}.

Dopo venti metri sento già la maglietta appiccicata al sudore dietro la schiena. Cammino strofinandomi ai lati dei palazzi, sulla manica mi si crea una macchia giallastra, i muri sembrano sgretolarsi inesorabilmente sotto il calore bianco di un sole che sembra un'esplosione atomica lentissima e interminabile.

Petrus risponde al mio messaggio chiedendomi soltanto dove ci troviamo e a che ora. Il sole non mi permette di vedere bene lo schermo del cellulare. Cerco un pezzo d'ombra accanto a una chiesa fatta di pietra farinosa e giallissima. Gli scrivo di vederci ora, mi guardo attorno, provo a orientarmi, mi accorgo di essere vicino al Museo Bene, digito: "Sono al Museo Bene", lui visualizza subito, risponde che arriva.

Rimetto in tasca il telefono e affronto l'edificio che ho di fronte. La luce lo investe e lo ingloba, la pietra intagliata in migliaia di modi diversi sembra un groviglio di carta bagnata lasciata seccare al sole. Creature mostruose, piante mostruose, riempiono ogni spazio della facciata; riconosco delle Meduse dalle bocche spalancate che fanno da capitelli alle due colonne ai lati dell'enorme portone lucido di legno dipinto di nero da poco; riconosco delle edere dotate di occhi che circondano le tre gigantesche finestre del primo piano – chiuse, al di là dei vetri solo drappi rossi.

All'università ho studiato qualcosa a proposito di questo palazzo, di quanto possa essere considerato l'apoteosi di una sorta di delirio collettivo che colpì la popolazione del posto durante i primi decenni dell'Ottocento. La gente non ne poteva più di vivere circondata da muri bianchi, vuoti, secchi. E allora si cominciò una ricerca spasmodica e incontrollata per colmare il vuoto di quella pietra secca e arida e giallastra e biancastra con cui erano realizzate le case, le chiese, ogni immobile. C'era una paura collettiva nei confronti di quei muri, così fragili e impassibili, così vuoti e bollenti: i sacerdoti, per confortare il popolo, scelsero la via dell'architettura, laddove possibile, per placare i timori di donne e uomini che non potevano più vivere per le strade senza avere il desiderio irrefrenabile di scagliarsi urlanti a pugni chiusi contro le case, le chiese, ogni immobile.

Il Museo Bene era un luogo di culto pieno e bianco, oggi è un'enorme sala vuota e grigia: spingo il portone nero e sono lì, investito dall'odore di muffa e da una frescura insana. Duecento metri quadri lastricati di pietra un tempo candida e luminosa. Nulla ai lati, nulla sul soffitto – niente affreschi, niente dipinti, soltanto un moderno roll-up al centro della sala, recante un manifesto, una scritta nera su sfondo rosso, in Times New Roman:

Il capolavoro
San Francesco contempla un teschio (1635, olio su tela)
di Francisco de Zurbarán
per la prima volta in Puglia

In fondo alla stanza un unico quadro, verticale, non troppo grande, alto quasi un metro, largo mezzo, posto su un treppiedi di legno dall'aspetto gracile. Gli vado incontro.

I miei passi fanno un rumore soffice su questa pietra. È così che immaginerei i passi dei frati nei conventi mentre si muovono tra una preghiera e un'altra. Guardo meglio i lati della stanza, cercando altre porte, altre stanze: non c'è nulla – e nessuno. San Francesco mi è di fronte e non mi guarda. Gli occhi fissi e tristi su un teschio che stringe all'altezza dell'ombelico. È in un posto nero, ha i piedi scalzi e sporchi, il cappuccio sulla testa, una luce alla sua destra gli illumina il brutto saio marrone troppo largo – mi fanno impressione le mani, che al contrario dei piedi sembrano pulite e curate; mi fa impressione il suo naso che si intravede, sbuca dall'ombra del cappuccio, sembra gonfio e rotto, livido, cancrenoso, qualcuno lo ha picchiato, gli ha spaccato la faccia, oppure ha appena smesso di baciare quel teschio, quel teschio annerito e forse fresco di morte, forse ha infilato il suo volto dentro quel teschio, ne ha assaporato ogni pezzo, ne ha pulito la sporcizia verminosa con la lingua, forse ora lo guarda con quella faccia arrendevole come quando un pedofilo guarda la sua preda dopo l'atto, forse ha capito che per capire la morte bisogna toccarne la biologia, la natura fisica, elidere pudori e orrori, entrare in un teschio, con la bocca e il naso, riemergerne malsano e tumefatto come dopo un amore non giusto.

"È così che io guardo a me stesso, certi giorni, quando lo specchio non è troppo appannato dalle decine di docce bollenti che faccio di continuo." Petrus è uguale a ieri. Soltanto la fronte è diversa: imperlata di un sudore che sembra scorrere inesorabile.

"Sei vestito troppo pesante, mi sa," mi viene da dirgli, con preoccupazione.

"Mi volevi far vedere questo quadro?"

"No, non sapevo nemmeno ci fosse. Ti ho detto che ero qui perché mi trovavo qui davanti e non avevo voglia di cercare un altro posto."

"È un dipinto molto bello, secondo me. Tu ne capisci qualcosa di arte?"

"No."

"Chissà di chi è quel teschio."

"Suo."

"Suo?"

"Di san Francesco."

"Cioè, è tipo una metafora? San Francesco che guarda se stesso da morto? Una cosa del genere?"

"Boh, forse. Non so perché l'ho detto. In realtà pensavo ad altro."

"A cosa?"

"Niente. Andiamocene."

"Dove?"
"Non lo so, usciamo da qui e basta."
"Ti fa stare male questo quadro?"
"La smetti con tutte 'ste domande?"
"Sembri nervoso."
"Non sono nervoso, sono di fretta."
"Ti stai rivolgendo a me cose se fossi un fastidio."
"Non sei un fastidio."
"Un impegno da portare a termine."
"Non tu. Ma questo articolo che devo scrivere sì, è un impegno da portare a termine."
"Stai bene?"
"Non… Dai, Petrus, cerchiamo un posto dove andare, vorrei che mi parlassi un attimo di come sei entrato nella bolla incel…"
"Non stai bene. È lei, no?"
"Ieri ti ho già detto che non devi…"
"Lei perché sta con te? Tu lo sai perché stai con lei. Ma lei perché sta con te?"
"Non parlare. Di me. Di lei. Non parlare."

Non smette di sudare, ma la sua voce non sembra affaticata, nonostante anche la doppia FFP2. Cammina con le mani in tasca, il sole che sembra potergli trafiggere le lenti a specchio scure degli occhiali. Ha i pantaloni neri troppo larghi, la cintura stretta sulla pancia – ed evito di guardarlo: se lo guardo immagino senza controllo che la fibbia possa entrargli nell'ombelico. Non sembra cercare l'ombra – mentre io invece sì, gli indico un breve porticato ai lati di una delle centinaia di piazzette di questa città.

Mi segue, senza dire nulla ci dirigiamo verso uno dei bar sotto questi portici. Si chiama Stay Shupato, un nome che vorrebbe risultare divertente, ammiccare a una delle narrazioni bonariamente godereccce che da anni si fanno del Salento (quella narrazione, mistificatrice, buona soltanto per qualche video sponsorizzato sui social, dove donne anziane salentine danno da mangiare quintali di leccornie locali ai nipoti fuorisede ogniqualvolta si presenti l'occasione di rincontrarli), ma rende ancora più squallido il già triste arredamento legnoso anni settanta del posto.

Quasi mi abbandono su una delle sedie di plastica rossa che circondano i pochi tavolini del bar. Ci sono venuto con Aby una volta. Quando ancora uscivamo. Quando il pomeriggio capitava che uno dei due dicesse: "Oh, andiamo a prenderci 'na cosa fresca?" oppure: "Approfittiamo di 'sta bella giornata, facciamoci un giro." Non succede più nulla del genere. La pandemia: lei sembra dire che è colpa di come io ho rimodulato le mie giornate dopo la pandemia – e senza troppi veli mi accusa di averla trascinata nei miei gorghi solitari, o qualcosa del genere. Io vorrei sapere che in realtà non è così. Vorrei che ci fosse qualcosa di più profondo. Ma le persone che ho attorno sanno di me molto più di quanto io saprò mai. È una stronzata credere quelle cose del tipo: "Nessuno mi conosce davvero, soltanto io so che cosa provo e penso realmente." No, gli altri mi conoscono, gli altri sanno cosa provo e cosa penso. Io non so niente, di questo me.

"Non credo che lei abbia ragione," mi scuote la voce di Petrus, apparso su una sedia di fronte a me. Per alcuni secondi sento un profondo sfasamento – fino a temere di non aver riflettuto finora, ma di aver parlato a voce alta. E la sua frase successiva, che va a colmare il mio silenzio, conferma il mio timore, lasciandomi inorridito mentre lo stomaco si stringe come una spugna velenosa: "Lei dovrebbe essere liberissima di fare quello che le va. Se a te non va più di andare nei bar di pomeriggio, be', ci vada da sola. Hanno ottenuto la possibilità di muoversi nel mondo autonomamente e senza alcun permesso un bel po' di decenni fa. O no?" Non riesco a dire niente. Mi stringo gli occhi tra le dita. "È lei che trascina te in un gorgo. È lei che ha smesso di vivere dopo il primo lockdown. Ma non lo vuole ammettere. Può non ammetterlo: perché ci sei tu, lì, una spugna su cui riversare bile, fiele, drammi, traumi. Stai diventando il suo inconscio incarnato. Sei un suo specchio perverso, uno specchio che lei può rompere quando le va."

Da non so quanto fisso l'interno del bar. È vuoto, le macchine per le granite sono spente, la crema di caffè freddo ristagna chissà da quanto in un contenitore trasparente lasciato sul bancone, il registratore di cassa è spento, le buste delle patatine esposte sono tutte sbiadite, tutto è ricoperto da una patina da polaroid, il sole è passato e ha bruciato e scolorato tutto. Chiuso. I tavolini lasciati qui.

"Secondo te da quanto tempo è chiuso, questo bar?" chiedo – o penso: non lo so più. Petrus non mi risponde ma sento il suo sguardo addosso.

"Bruno," dice.

"Sì, ci mettiamo al lavoro," dico deciso, staccando lo sguardo dagli spettri che vagano nel bar – una blatta sbuca fuori da sotto il frigo dei gelati, si muove rapida verso la porta del bagno.

Lo sguardo perso verso la piazza, il respiro evidente sotto le FFP2 che fanno un movimento come se là sotto pulsasse una qualche creatura che tenta di uscire. Inseguo la direzione dei suoi occhi nascosti, per quel che posso: nella piazza rovente, sul lastricato bianchissimo, nel vuoto di una deflagrazione solare interminabile: due ragazze, come sacerdotesse su un pavimento d'ossa bianche, abiti bianchi leggeri di lino, capelli castani sciolti, occhiali da sole scuri, pelle abbronzata, denti bianchissimi al centro di bocche divaricate in risate forti – sembrano guardare, a scatti, noi due, gli unici esseri umani presenti nel raggio di chissà quanto, e dunque forse le risate sono dettate dalla vista di Petrus, che è bardato come un soldato russo che assedia Mariupol', o forse quelle risate sono dettate da me, che ai loro occhi appaio chissà come (io stesso me lo chiedo: chissà come sono. Io).

"Molti incel sai cosa farebbero? Andrebbero da quelle due e inizierebbero a 'provarci'. 'Provarci', tra virgolette. Ma non avrebbe alcun senso. Perché, lo avrai capito anche tu ormai, l'Occidente non funziona più in quel modo. Sono quelle due tipe che ci proveranno con qualcuno: sono lì, da sole, in vacanza magari, che vagano alla ricerca di un uomo che possa corrispondere alle loro coordinate di gusto-indotto-dai-canoni-della-liberazione-sessuale. O no?"

Parla come se fosse una voce fuori campo di un documentario, pacato, descrittivo, sottilmente affascinato, entusiasta di poter assistere a qualcosa del genere che si verifica davanti ai suoi occhi.

"Sono loro che selezionano il maschio con cui avere dei rapporti. Un maschio che possa rientrare nello schema 'LMS: Look-Money-Status'. Conosci questa teoria, suppongo."

Vorrei non rispondere, ma sospiro un: "Sì."

"Che poi, a mio parere, non è una teoria: è una verità assoluta. Le 'nuove donne' non scelgono mai, mai, mai un uomo che non possegga poderosamente almeno una di quelle tre caratteristiche. Guarda quelle due che si dirigono verso la libreria lì all'angolo. Libreria di quelle che hanno un enorme bar e pochissimi libri. E ci vanno non per comprare un romanzo, naturalmente. Ci vanno con la speranza di incontrare qualche giovane intellettuale, qualche giovane professore di lettere che passa più tempo in palestra che sui libri. Non vengono certo qui, da noi, seduti ai tavolini abbandonati di un bar chiuso. Noi, persone senza un aspetto fisico adeguato a ciò che lì fuori le donne vogliono, persone che non manifestano nessuna ricchezza, e che molto probabilmente non possono avere nessuno status. O no?"

Si volta verso di me, le dite grassocce intrecciate appoggiate sul tavolaccio di plastica polverosa. Quasi non respiro. Mi bruciano molte parti del corpo, un infiammo diffuso che scorre inesorabile dagli angoli del mio scheletro.

"Quello che voglio arrivare a dire è che tutto passa da una domanda. Una sola: tu, uomo occidentale, sei desiderabile o no? Se sei un maschio etero, oggi, in questo nostro mondo, non conta più cosa desideri: conta cosa fai per essere desiderabile agli occhi di una donna. Un incel è semplicemente un individuo che non riesce a essere desiderabile, perché non in grado di rientrare nella griglia LMS – e che ha aperto gli occhi su questa realtà, e ne ha scovato la perversione profonda. E questo sai cosa vuol dire?" Fa una cosa inaspettata: allunga una mano come a volermi toccare. Mi ritraggo d'istinto. "Ascoltami bene, Bruno. È importante."

Vorrei urlare che no, non è importante, niente di quello che dice è importante. Il cancro al cervello di Aby è importante; l'aver pisciato su cinquecento euro è importante; il non avere un cazzo di lavoro vero è importante; questo cervello che mi sembra sciogliersi dentro e colarmi via dalle orecchie è importante; avere voglia di provare a baciare un teschio come un san Francesco impazzito è importante.

"Ascoltami," ripete. "Voglio dire che, in realtà, ogni maschio etero può nascondere un lato incel." Si abbandona sullo schienale della sedia con un rumore di qualcosa che potrebbe rompersi da un momento all'altro. Le mani ora a stringere la fibbia della cintura, come uno sceriffo texano. "Capisci? Se tutto passa dalla questione 'desiderabilità': be', quanti maschi sposati, o fidanzati, non sono più desiderabili – anche agli occhi delle loro stesse donne? E quei maschi, se aprono gli occhi sul mondo, scoprono di aver perso la prestanza fisica – se mai ne hanno avuta una –, scoprono che senza soldi non valgono nulla, scoprono che nella loro vita non hanno realizzato nulla che potesse conferire loro uno status. E senza tutto questo, scoprono, risultano indesiderabili anche alle loro stesse donne. Pensaci. Magari ti riguarda. O no?"

Faccio un sospiro profondo, sfilo il cellulare dalla tasca per guardare l'orario, ma mi perdo a fissare per alcuni secondi l'immagine di sfondo: Aby, con il corpse paint ispirato a quello di Gene Simmons dei Kiss, fa la linguaccia e il gesto delle corna. Le feci quella foto durante una festa in maschera di non so quanti anni fa: quanto tempo fa – quanti Bruno sono passati da quella foto a oggi? Quali Bruno sono rimasti vivi? Quali Bruno sono persi per sempre?

Petrus dà un leggero colpo di tosse. Mi guarda. Mi aspetta, come se le sue parole mi avessero condotto all'ingresso di un tempio, lui è lì sulla soglia, attende che io mi decida a entrare.

Vorrei dirgli che lui crede di essere un detentore assoluto di un sapere nuovo, ma che in realtà la sua mente è soltanto una brutta copia posticcia di quella di veri pensatori, di veri rivoluzionari. Vorrei dirgli che proprio pochi mesi fa io e Aby abbiamo riflettuto molto – in modi senz'altro più lucidi – sulle derive collettive dell'Occidente, e lo abbiamo fatto senza ipotizzare un mondo misogino, senza arrivare a schematizzare la realtà in griglie torbide dove i "nuovi" maschi sono bersagli dell'ingordigia delle "nuove" femmine: lei stava preparando un paper su un romanzo di Joyce Carol Oates, *Zombie*, tutto ambientato nella mente di un serial killer, e mentre ci chiacchieravamo attorno siamo finiti a ragionare di altri personaggi insani del nostro tempo, fino ad arrivare sulla pagina Wikipedia di uno di loro.

Decido di aprire adesso quella pagina, cercare il pezzo che mi è venuto in mente, leggerlo a Petrus: "'Il codice morale della nostra società è così esigente che nessuno può pensare, sentire e agire in un modo completamente morale. Per evitare sensi di colpa, moltissimi devono continuamente ingannarsi sulle loro stesse motivazioni e trovare spiegazioni morali per sentimenti e azioni che in realtà hanno un'origine non morale. Per descrivere tali persone utilizziamo il termine *sovrasocializzati*." Gli cerco lo sguardo specchiato, gli vedo muovere leggermente il collo bardato, in senso di assenso. Gli chiedo, con una voce più alta del dovuto: "Sai di chi sono queste parole?"

"Certo," mi risponde, e potrebbe sorridere sotto le mascherine: "Molti nel mondo incel conoscono il manifesto di Kaczynski. Unabomber."

Deglutisco e faccio finta di sorridere: "Bene. Mi è venuto in mente questo passaggio perché, se ho capito bene, per te – o per voi, insomma – siamo tutti una massa di *sovrasocializzati*. Tutti schiacciati da obblighi morali che ci fanno sentire in colpa costantemente perché non possiamo, antropologicamente, perseguirli e rispettarli. Avere il look adatto, quanti più soldi possibile, cercare di ottenere uno status... tutto ci spinge verso un'infelicità collettiva: ma voi che avete preso la pillola rossa, invece, avete svelato il trucco perverso, non siete *sovrasocializzati*. Paradossalmente, anche se imbrigliati in una condizione di celibi involontari, siete più liberi dei maschi che invece sono impegnati in relazioni, stabili o meno. Ho capito?"

Sudo in ogni angolo del corpo, mi sciolgo come la strega del *Mago di Oz*, parlo con una foga eccessiva, respiro aria troppo calda e ho l'affanno. Mi guardo attorno, vorrei sfondare la vetrina del bar solo per procurarmi una bottiglietta d'acqua. Le mani di Petrus si fanno di nuovo vicine. Strisciano sul tavolo come creature sbagliate. Stavolta resto fermo, forse per la troppa debolezza. Un suo dito indice arriva vicinissimo a toccare una mia nocca: "Forse hai capito. Sì."

All'improvviso, come un rigurgito, mi sale in gola il ricordo di Aby che commenta quella frase di Unabomber: "Be', sembra che parli dell'Italia: da un Paese che ha come santo patrono san Francesco d'Assisi cosa puoi aspettarti? Solo regole morali, sensi di colpa. Specialmente se sei donna. Se io desidero il corpo di un uomo diverso dal mio partner fisso devo sentirmi uno schifo, una puttana infedele, un simbolo dell'immoralità: e invece vorrei soltanto avere un orgasmo. Un orgasmo vero, per una volta."

"E tu cosa rispondesti?" mi chiede Petrus, con una voce calda di dispiacere.

"Co-cosa?" balbetto. Ho gli occhi pieni di lacrime. "N-no, scusa, non volevo dire niente. Io... non lo so, non lo so perché ho parlato... Pe-pensavo di... Cristo..."

Mi stringe la mano in un pugno gelido.

Passa del tempo. Il sole è così caldo che sembra emettere un rumore, qualcosa che erutta.

Passa del tempo. Mi calmo. Forse grazie a una nuvola sottile che, per un po' di secondi, rende tutto più grigio, più pulito.

ESTATE 1999

"Bruno, mi raccomando, non fate troppo baccano, che è pomeriggio e la gente del palazzo dorme. Hai capito?"

"Sì, nonna, ho capito. Ma non sono io che faccio baccano. Lei è, sempre," dico indicando la bambina magrissima, che si sta mangiando le unghie e sembra che con la testa sta proprio da un'altra parte.

"Non mi interessa. L'ometto sei tu. Sei tu che devi essere responsabile," dice la nonna, mentre rientra in casa, se ne va verso il divano del salotto, si butta lì sopra, sul divano, se ne sta tutto il pomeriggio davanti alla televisione col ventilatore quasi appiccicato alla faccia, fino a quando non si abbassa un poco il sole, mentre io devo starmene qua con la bambina magrissima, a inventarmi giochi che mica sono capace di inventarmi, perché io volevo stare con gli amici maschi, quelli che mò stanno tutti al parco qua dietro, che giocano a calcetto, e invece no, devo stare qua con la bambina magrissima, sul terrazzo, e bisogna pure stare zitti, non fare baccano, e mi innervosisco in un modo che certe volte mi viene voglia di darle un calcio, alla nonna, certe volte.

La bambina magrissima ha un nome che a me non mi piace, perché mi sembra come se è un nome di una vecchia, si chiama Pietra, io la prima volta che mi ha detto come si chiamava mi sono messo a ridere forte e lei ha fatto una faccia tristissima, così triste che un po' mi sono sentito male, anzi no, molto mi sono sentito male, e allora ho deciso che poi questa cosa del nome da vecchia avrei provato a non pensarla più, e infatti quasi non ci penso più, però non la chiamo mai per nome, la chiamo "Ei" o cose così, tanto lei capisce sempre che ce l'ho con lei, pure che la chiamo "Ei", e se la chiamo "Ei" non fa nessuna faccia tristissima, e a me mi va bene così.

La bambina magrissima è così magra che le si vedono le ossa dei gomiti e specialmente dei polsi, e adesso che sta senza maglietta le si vedono tutte le ossa che stanno in mezzo alle tette e tutte le ossa della schiena e tutte le ossa sotto alle tette, le tette sue sono identiche alle mie, ma secondo me le sue sono più belle, e ogni tanto, quando sta senza maglietta come adesso, mi viene da pensare che secondo me le sue tette hanno pure un buonissimo sapore, e comunque le ossa si vedono pure molto bene in faccia, quando ride per esempio, il teschio proprio, sembra che si vede il teschio, specialmente quando ride, tipo adesso, che mia nonna le ha portato un gelato, uno di quelli che costano poco, al cioccolato, con lo stecco, a me la nonna non me lo ha portato perché stamattina mi ha scoperto che mangiavo di nascosto le Macine che erano nella dispensa, mi ha scoperto che ho aperto il pacco e l'ho quasi finito tutto mentre lei era in bagno che si faceva la doccia, si è arrabbiata molto e allora io ora niente gelato, ma la bambina magrissima sì, lo guarda come se è una cosa preziosissima, mentre sta in piedi davanti a me, sul terrazzo, c'è un sole così forte che secondo me ora il gelato si scioglie tutto in mezzo secondo se la bambina magrissima non si sbriga a mangiarlo, e io le dico, "Sbrigati a mangiarlo, il sole ora lo fa sciogliere tutto," e lei fa una faccia preoccupata, e comincia a leccare velocissimo e a fare tanti piccoli morsi uno dietro l'altro, e io le dico "Brava, sbrigati," e lei quasi non respira, ma lecca male, morde male, e infatti si sta sporcando tutta la faccia, è tutta sporca di marrone, tutta la bocca e tutte le guance e tutto il mento, fino al naso, tutta marrone di cioccolato, "Attenta," le dico, ma è troppo tardi, perché il gelato si rompe tutto e le si sbriciola sul petto, lei prova a recuperarlo al volo ma fa peggio, finisce per spalmarselo ancora di più e ora ha pure le tette tutte sporche di marrone di cioccolato.

Lo so che sarebbe meglio non farlo, ma secondo me, se la nonna mi vede, le posso inventare una scusa, tipo che stavo aiutando la bambina magrissima a pulirsi, secondo me è una scusa buona, e allora decido che lo faccio, stringo la bambina magrissima come se la voglio abbracciare per ballare, la tengo ferma così, e comincio a leccarle il marrone di cioccolato che ha sul petto, e le lecco prima una tetta, che è molto buona, sa di cioccolato, ma pure di qualcos'altro che non so cos'è, e allora le lecco pure l'altra tetta, che è buona uguale, forse pure di più, e allora mi viene automatico di stringere quella piccola tetta un pochino tra i denti e provare a succhiare, e il sapore è molto buono, molto buono, e mica mi ero accorto che la bambina mi stava tirando i capelli, con quelle mani tutte sporche di gelato, mi sta tirando e sporcando tutti i capelli, e sta gridando "Togliti! Togliti!" e io mi tolgo, e la guardo, ha la faccia cattivissima, le ossa della faccia sembra che si muovono, "Che schifo! Brutto! Brutto!" urla la bambina magrissima, e del cioccolato le cola dal mento, e io so che sarebbe meglio non farlo, ma con le mani le tengo fermo il collo, e le lecco via il marrone di cioccolato che ha in faccia, lo lecco e lo mordo, e sento sotto i denti le ossa della sua faccia, e mi rendo conto che se continuo per un pochino può succedere che il teschio suo e il teschio mio si incontrano, se continuo a leccare e a mordere il teschio mio e il teschio suo diventano una cosa sola, e secondo me sarebbe una cosa bellissima, vorrei rimanere tutta la vita lì così, il teschio mio dentro al teschio suo, e penso che se continuo a leccare e a mordere ce la faccio, se continuo ce la faccio.

La cosa che ha fatto la nonna è spaventosa.

Mi fanno un sacco male i capelli, che pure lei me li ha tirati, ma lei lo ha fatto molto forte, molto più forte della bambina magrissima. Ma specialmente mi fanno un sacco male le mani. Molto male.

La cosa che ha fatto è spaventosa. Pensavo che me le voleva mangiare. Me la ha morse così forte che mi ha fatto due buchi grossi al centro, nella parte di sopra della mano, dove Gesù c'ha i chiodi. E la nonna aveva tutto il rossetto mischiato al sangue, tutto spiaccicato in faccia, e sembrava il cattivo di *Batman*, il Joker.

Era spaventosa la nonna.

Mi fanno un sacco male le mani.

Ha detto: "Non riesci a controllarti? Hai il cervello spappolato come quello di tuo padre? Allora ecco la soluzione: morditi le mani. Quando non riesci a controllarti ti prendi tra i denti queste mani e te le mordi, forte, fino a quando non ti passa, fino a quando il cervello non ricomincia a funzionarti normalmente. Mordi. Così." E ha cominciato a diventare spaventosa.

Ora mi fanno un sacco male, le mani. Pure i capelli, ma le mani molto di più. E ho un po' paura che la nonna ritorna di nuovo com'era in quel momento lì che sembrava il Joker. Molta paura, anzi, non un po'. Molta.

La bambina magrissima è rimasta sempre lì, ha visto tutto. E ora sta lì, in piedi, ancora tutta sporca, la faccia che guarda a terra. “Ei.” Mi guarda. “Secondo te sono brutto?” chiedo. Scoppia a piangere, e io mi sento come se ho rotto un giocattolo bellissimo, e so che quando poi diventerò grande mi ricorderò per sempre tutta questa cosa, tutto questo giorno qui, me lo ricorderò per sempre, io, lo so, lo so che oggi è l’ultima volta che vedo la bambina magrissima, lo so che oggi è l’ultima volta che la nonna mi ha voluto bene, lo so che oggi è l’ultima volta che io, pure io, mi sono voluto bene. Lo so, e mica posso farci niente. Ormai. O no?

"Ok. E allora. Quale sarebbe la soluzione?"

"Dipende da quale prospettiva osservi il problema."

"Quali prospettive ci sono?"

"Be', nel tuo caso, da quello che ho capito, effettivamente non ci sono molte prospettive."

"Cos'è che hai capito?"

"Ho visto i tuoi occhi diventare di un altro colore mentre parlavo dell'essere indesiderabile per la propria donna."

"Io sono desiderabile per la mia donna."

"Va bene. Ok."

"Non parlavo di me. Parlavo in generale: quale sarebbe la soluzione a questo mondo che dipingi?"

"Sicuro che non parlavi di te?"

"Non farmi giochetti mentali, non ci casco."

"Nessuno gioca, qui."

"E dunque? 'Look-Money-Status', ok; 'Occidente corrotto dalla rivoluzione sessuale', ok; 'Siamo tutti incel'... La soluzione qual è? Chiudersi in casa e scrivere sui blog e sui social post pieni di teorie del complotto? Uccidere persone ispirandosi ad assassini sociopatici?"

Sollevo lo sguardo e non gli vedo più la faccia, non gli vedo più la testa. Sento solo un brivido che mi parla: "Secondo te? Qual è la soluzione, secondo te?"

La telefonata di Aby è un colpo dietro la nuca, uno di quelli che la nonna mi dava quando mi beccava a mangiare di notte svuotando la dispensa e il frigo. Qualcosa che colpisce improvviso e imprevisto – e che sa di sbagliato, di punizione.

Si sente male, dice. Ingoio saliva bloccata in gola, le chiedo cos'ha. Dice che non sa se c'entra quella cosa. Quella cosa. Dice che ha mangiato mezza mela e si è sentita male, nausea, viscere attorcigliate, dice che si sente disidratata, dice che devo prenderle qualcosa in farmacia, qualcosa per il mal di stomaco. Sento lo schermo del telefono bagnarsi a contatto col mio orecchio sudatissimo, sudatissimo come sono sudatissimi i gomiti, i polpacci, il mento.

Faccio un percorso mentale che reputo ragionevole, perciò le chiedo se per caso la mela le è caduta nel lavandino prima che la mangiasse, magari mentre la lavava, magari le è scivolata nel lavandino, magari poi l'ha mangiata dopo che era entrata in contatto con il fondo del lavandino. Lei fa un sospiro dolente e dice che mò che ci pensa sì, le pare di sì. Non voglio dirle che il lavandino era ricoperto di anticalcare, anticalcare che avevo spruzzato in quantità enorme, ma che poi non ho risciacquato via, e che dunque la sua mela si sarà intrisa di anticalcare – il quale, essendo trasparente, lei non ha potuto notare. Le chiedo se la mela aveva un sapore strano. Risponde che non lo sa, non ha fatto caso al sapore. Per un attimo penso di chiederle se per caso non sente sapori e odori, per un attimo penso che se lei dovesse prendersi il coronavirus adesso sarebbe un soggetto a rischio, un'immunodepressa. Dico soltanto che va bene, vedo cosa mi consiglia il farmacista.

"Mi brucia pure dietro."

"In che senso 'dietro'?"

"Dietro, per ieri sera. Quell'olio lì mi ha fatto irritazione. È insopportabile."

"Ah... Mi dispiace, non pensavo che..."

"Vabbe', vedo se con un po' di acqua ossigenata passa."

"Se vuoi cerco una pomata, non so."

"Non farne 'na tragedia. Prendimi una cosa per lo stomaco, e basta."

"Non volevo fare 'na tragedia..."

"Sì, sì, va bene, ciao."

Petrus ha le braccia incrociate, appoggiate sulla pancia che, in questa posizione, sembra ancora più sporgente.

"Qual è il senso di colpa quotidiano?"

Dalla nuca fino alla fine della spina dorsale mi scorre un fluido ghiacciato. Scatto in piedi.

Vorrei strappargli via gli occhiali, il cappello, le mascherine, guardarlo in faccia davvero, urlargli che mi sta rovinando la vita: non mi ha dato nulla di sufficiente per il mio cazzo di longform, non fa altro che prendersi confidenze fuori luogo, è soltanto un freak schifoso che la società non può far altro che rigettare.

Ho paura di dire ad alta voce, ancora, ciò che penso: mi blocco, lo guardo in faccia, non posso capire cosa pensa, provo a dire solo: "Devo andare," aspetto la sua risposta per capire se ormai sono irrecuperabilmente fuori controllo, se ormai non sono più capace di gestire il pensare e il parlare, se ormai è tutto un incubo che faccio finta di poter vivere come se fosse una vita normale.

"Ok," risponde calmo. "Io resto un altro po' qui. Questa solitudine all'aperto è piuttosto rara, me la voglio godere."

Credo stia sorridendo. Gli volto le spalle e so che mi sta guardando: so che i suoi pensieri sono totalmente concentrati su di me – e i suoi pensieri li sento *dentro* di me, un flusso oscuro lungo l'esofago, una rete fognaria che sfocia nel pozzo nero del mio cuore.

"E la soluzione? Qual è la soluzione?"

Mia nonna, ultima nella coda lunghissima davanti alla farmacia, si abbassa la mascherina sotto il mento, gli occhi esasperati che guardano in alto e poi mi piombano addosso: "La soluzione è che cominci a fare attenzione a 'ste cose, Brù. Non puoi continuare, ancora, a combinare certi pasticci." Allarmata e anche arrabbiata, come tantissime altre volte, come quando i professori la chiamavano a scuola per dirle che passavo troppe ore in bagno, che in classe ero un fantasma.

"Va bene, sì, lo so. Ma secondo te che mi conviene prenderle, adesso? Dice che le fa male lo stomaco, nausea..."

Sbuffa, scuote la testa. "Ma come ti viene di non pulire il lavandino? L'anticalcare lo sai quanto è pericoloso? Si può morire per certe sviste. E mò tu tieni la responsabilità di una donna, Brù. Una donna con una malattia. Non una donna qualsiasi. E se tieni la responsabilità di una donna, secondo te, cosa devi fare? Devi essere un uomo forte, bravo, un uomo come si deve, un uomo attento. Non uno che si dimentica di risciacquare l'anticalcare, Brù! Mannaggia, guarda, mi fai venire i calori in testa..." Tira fuori dalla borsetta un pezzo di carta, una brochure rettangolare raffigurante santa Rita da Cascia, la protettrice delle vedove, comincia a utilizzarla come ventaglio, sotto al mento.

La coda sembra immobile da ore. La farmacia, incastrata tra le mura giallognole di un palazzo storico, è minuscola, gestita da una dottoressa anziana e lentissima nei movimenti – molto simile alla maggior parte dei clienti che ogni giorno vanno da lei quasi per passare un po' di tempo fuori casa.

Non c'è ombra. La nonna non suda. Io sì.

Non riesco a guardarla, stringo i pugni, coi denti stretti le chiedo ancora: "Nonna, per favore. Ti sto solo chiedendo un piccolo consiglio. Se non ti avessi incontrata qui in fila non ti avrei mai detto nulla di questo incidente, lo sai, vero? Lo sai che non ti dico quasi niente di quella che è la mia vita, vero? Lo sai che ti sto chiedendo un piccolo consiglio soltanto per fare conversazione, vero? Lo sai che non me ne frega niente di quello che dici, di quello che pensi. Lo sai, vero?"

Dico tutto fissando il pavimento biancastro pieno di scontrini e cicche di sigarette, sento la nuca nuda battuta brutalmente dal sole – e desidero una carezza, come quelle che mi fa Aby quando faccio il cane, o come quelle che mi faceva la nonna quando avevo le crisi di pianto il pomeriggio, mentre facevo i compiti, e non riuscivo a capire niente, nella testa era tutto un grumo di numeri e lettere, e crollavo. Ma lei, la nonna, non mi accarezza, adesso.

Alzo lo sguardo e lei è lì che continua a sventolare santa Rita sotto al mento, continua a scuotere la testa con la faccia allarmata e anche arrabbiata, continua a guardare punti sparsi in alto sulla sua testa: "Hai la voce strana, Brù. Che è successo? Hai sognato di nuovo i vampiri?"

Respiro e quello che mi entra dentro non è aria. Non so cos'è, ma non è aria. Mi fanno malissimo i capezzoli – il sudore che mi cola lungo il petto è caldo come se fosse sangue appena sgorgato da uno squarcio nel petto.

“Sarei veramente molto più tranquilla se sapessi che tu sei diventato un uomo, uno di quelli come si deve. Mi sembra sempre di doverti stare dietro, come se sei un ragazzino che da un momento all’altro può combinare qualche guaio. Nemmeno mò, mò che hai la responsabilità di una persona malata, nemmeno mò ti rendi conto che la soluzione è che devi crescere? Ma crescere veramente, diventare l’uomo di casa tua, diventare affidabile, diventare come ti ho insegnato io.”

Per un attimo ho il sospetto che niente di ciò che sta dicendo sia vero: sto inventando io questa conversazione, non può avvenire davvero, non in questi termini. Questo attimo e questo sospetto durano non so quanto.

“Comunque stai vestito troppo pesante, Brù. Come ti è venuto di uscire di casa così? Non stai morendo? Ti avevo comprato quelle belle magliette bianche, quelle sono di cotone buono, devi metterti quelle quando fa ’sto tempo.”

So solamente che sento di dover andare via. Mentre cerco un filo d’ombra costeggiando un condominio di fronte alla farmacia, sento la voce di mia nonna, che urla: “Falle fare un bagno, nella vasca. E metti l’olio benedetto che ti ho dato ieri, qualche goccia, in mezzo alla schiuma.”

Dove altro succede qualcosa di simile?

Soltanto qui, soltanto in questo posto succede qualcosa di simile {che si fa sera, e non hai mangiato, e non hai bevuto, e non hai fatto altro che esistere, che essere da qualche parte tra case e palazzi e piazze e negozi tutti chiusi, tutti chiusi, lanciati come un dado lanciato in mezzo al sole, e non sai se sei quello che sei perché quasi non sai dove sei, c'è una statua di un santo, c'è una spiaggia dove prima (*prima*?, quando *prima*?) c'era un anfiteatro, c'è un anfiteatro dove prima (*prima*?, quando *prima*?) c'era un museo [*prima*, stamattina, era stamattina, c'era il Museo Bene, bruciato e sgretolato da un sole atomico, e sei entrato dentro, nel museo, e hai visto una mostra, una mostra con un solo quadro, e ora sei di nuovo lì, sai che sei lì perché la strada è quella, è quella che conosci, non sei lontano da casa, hai fatto a ritroso la strada di questa mattina, hai soltanto deviato leggermente il tragitto per andare in farmacia (e poi non ci sei entrato, in farmacia, sei scappato, scappato da tua nonna, o da te stesso, quel te stesso che avrebbe strangolato tua nonna, tua nonna che ti supplica di essere *uomo*, e tu sai che c'è qualcosa che ti tormenta in quella parola, la parola *uomo*, qualcosa che ti fa sentire sbagliato e incorreggibile, ti fa sentire come quei compiti di matematica che ti facevano crollare in pianti a dirotto nei pomeriggi tutti uguali a casa tua, casa della nonna, quei compiti dove non capivi le parentesi graffe, le equazioni, le parentesi quadre, le *x*, le *y*, le parentesi tonde, le frazioni, le potenze, *uomo*, ti fa crollare, una parola, anzi, due parole *essere* + *uomo*, due parole messe in addizione, ti fanno crollare, perché l'addizione, poi, ci pensi, gode di proprietà commutativa, l'hai capita, quel pomeriggio, la proprietà commutativa, e dunque puoi anche invertire gli addendi e il risultato non cambia, *uomo* + *essere*, cambia tutto, linguisticamente, ma matematicamente no, il risultato non cambia, e se ci pensi forse il risultato non cambia nemmeno linguisticamente – ma il risultato qual è?, la soluzione a questo calcolo qual è?, la soluzione, qual è?), nonostante la strada sia sempre quella, le vie sempre quelle, qualcosa è rotto, sei dove eri stamattina, dove eri *prima*] e dove prima c'era un museo ora c'è un anfiteatro, gigantesco, abbandonato da millenni, si diffonde nella terra davanti a te, pietre compongono cerchi, pietre compongono sedili, pietre compongono una specie di palcoscenico, gatti neri, molti, camminano tra le pietre, e al centro del palcoscenico c'è un cavalletto, un quadro verticale, è lontano, ma riconosci la figura, il saio, il cappuccio a punta, un grumo bianco tra le mani dell'unica figura del quadro, al centro del palcoscenico di un anfiteatro che prima non c'era, ora c'è}, soltanto qui succede che ti devi fermare, prendere il telefono, cercare Google Maps, inserire l'indirizzo di casa {e intanto, però, c'è una notifica che ti distrae, è Petrus che ha postato qualcosa, e apri Instagram, e quasi spalanchi la bocca: per la prima volta Petrus non ha postato un'immagine nera: stavolta è un video: un video di trenta secondi, leggo velocemente la caption che Petrus ha scritto (mentre cammino, cammino come se mi facessi largo tra le zanzare e l'umidità, sguazzando nella luce gialla dei lampioni che all'improvviso si sono accesi tutti insieme), "Questo è un video che Antonio De Marco mi inviò un mese prima di compiere, a Lecce, il duplice omicidio di cui tutti sappiamo. Decido di renderlo pubblico perché forse potrà far cambiare idea a qualcuno," apro il video, alzo il volume, c'è effettivamente la faccia di De Marco, sudatissimo, la fotocamera molto vicina al volto, apre la bocca per parlare un paio di volte, ma è come se gli mancasse l'aria [si vede benissimo però che ha la bocca piena di qualcosa (patatine?, forse)], poi però ce la fa, dice "Ei, Antonio del futuro, pensavi di avere toccato il fondo con quella foto di maggio?" (e chissà a quale foto si riferisce), riprende fiato, la bocca sempre piena, il volto bagnato si piega in una smorfia, "Perché devo soffrire così tanto?", poi d'improvviso volta la fotocamera verso la scrivania che ha di fronte, si vede una grossa bottiglia di birra vuota, un computer acceso con sullo schermo un'immagine di san Francesco d'Assisi, evidentemente dipinto da Francisco de Zurbarán: lo stile, i colori, la posa del santo, tutto è accostabile al dipinto che hai visto stamattina al museo e che ora si trova al centro dell'anfiteatro [chissà come (chissà se è vero: chissà chi sei)], solo che qui Francesco guarda verso lo spettatore della tela, il teschio è poggiato al suo fianco, in un'ombra tenue, lui invece è in piena luce, il volto sereno e pulito, in ascolto attento verso le preghiere di chi lo invoca, la bocca leggermente aperta in un respiro fragile ma pieno di pace, il capo chino come chi è rapito da un racconto incantevole, e la voce di De Marco torna, rotta dal pianto: "Io gliel'ho chiesto di non farmi soffrire. Perché mi fa soffrire così tanto?" la fotocamera lascia san Francesco, torna sulla faccia disperata del futuro assassino, il video finisce [e tu ti blocchi, senti qualcosa di sporco attraversarti l'esofago, come se il tuo corpo fosse un passaggio fognario, il pozzo nero del tuo cuore è spalancato per accogliere qualcosa di doloroso a cui non puoi dare nome, in mezzo a una strada dove sei l'unica creatura che può respirare (così ti pare), hai davanti il portone di casa, ti abbranchi alla maniglia, cerchi le chiavi nelle tasche, le trovi, infili quella più grossa nella serratura, lo scatto sembra fragorosissimo, lo senti in gola, senti un sapore di ferro sulla lingua, come se ti fossi morso la lingua, provi a ignorarlo (mentre sali le scale che ti portano a casa)]}.

Nell'ascensore mi ritrovo con la fronte appoggiata al grande specchio rettangolare. La porta automatica si richiude dietro di me – e la sento *dentro*: *dentro*, la porta dell'ascensore che si chiude, dentro di me – anche se ancora non ho premuto il bottone del settimo piano. Respiro a fatica. Ormai la normalità è questa: non sapere per quanto tempo mi ritrovo in una situazione, in una posizione, in un pensiero.

L'ascensore resta fermo, nessuno lo chiama. Perché nel mondo non c'è più nessuno. Il mondo è vuoto, si è dissipata ogni forma umana. Soltanto le creature che in qualche modo mi riguardano restano qui, attorno a me, apparizioni che di tanto in tanto avvengono – salgono sul palco, fanno la loro parte, poi mi lasciano solo, e la mia vita in scena è in realtà la mia vita del retroscena, e non c'è più il pubblico, non c'è più il sipario, non c'è più un applauso.

Sono solo. Nella scena-retroscena. Aby appare, recita la battuta: "Ho un cancro al cervello. Se non te la senti di starmi accanto vattene pure da qualche altra parte. Troverò un altro che mi succhia le tette e che sa prendersi cura di me." Il padre di Aby appare, recita la battuta: "Tieni questi soldi, paga l'affitto della casa in cui mia figlia ti ospita, e nel mentre vedi se riesci a sfruttare le tue doti da bravo ragazzo per trovarti un lavoro vero.” Mia nonna appare: “Non vedo l’ora che diventi un uomo vero, un uomo come lo era tuo nonno, un uomo come lo era, specialmente, tuo padre. Intanto vestiti come si deve. Intanto tieni quest’olio benedetto, ascolta me, ascolta Dio.” Petrus appare, ma non entra in scena, la sua presenza si manifesta con il cellulare che vibra, un nuovo post, è tornata la solita immagine nera, la caption stavolta non è lunghissima, e lo stile è molto più freddo, come se fosse un estratto da un fascicolo probatorio:

> I periti hanno depositato la consulenza sul diario di Antonio De Marco e confermano la sua capacità d’intendere e di volere quando uccise a coltellate Daniele De Santis ed Eleonora Manta, il 21 settembre scorso, nell’abitazione di via Montello a Lecce. È possibile rintracciare una sequenza intrapsichica che ha mosso le azioni del ventunenne a seguito della rottura dell’equilibrio corrispondente al periodo liceale. Si è manifestato uno stimolo estremamente stressante: la difficoltà, all’apparenza insormontabile, di avere relazioni concrete e vicendevoli con l’Altro – da intendersi: le ragazze. Questo ha determinato una lacerante ferita narcisistica, tale da causare un allentamento di coesione del Sé, producendo una traumatica e inesorabile scissione del soggetto (un *io* e un *me*, un *sopra* e un *sottosopra*, uno *stage* e un *backstage*). Infine, De Marco ha tentato una riparazione del Sé, una riorganizzazione del me e un ripensamento delle funzioni dell’io: la soluzione della sua psiche frastagliata era data dall’accumulo di rabbia, convertendo in comportamento attivo il dolore passivo causato dalla profondissima scontentezza del ruolo ricoperto dalla sua persona nella società. L’omicidio si configura, dunque, come un lucido e premeditato scioglimento del nodo rabbioso e depressivo che attanagliava la gola psichica di De Marco.

Stacco la fronte dallo specchio lasciando un alone bagnato.

Le lenti a specchio scure degli occhiali sono appannatissime. Me li sfilo. Li metto nella tasca del giubbotto nero. Sfilo anche le due FFP2 nere. Le schiaccio nelle tasche dei pantaloni cargo neri. Tolgo anche il cappello. È come se avessi nuotato, la faccia sembra una sostanza sciolta. Mi passo sul volto le mani guantate di pelle nera, asciugo quello che riesco.

Schiaccio il bottone con il numero 2.

"Che è mò 'sta novità dei guanti, Brù? Con 'sto caldo poi, ma come cazzo ti vengono in mente certe cose, io non so..."

Sorrido, tenendo gli occhi a terra. Il pavimento del bagno ricoperto dai suoi capelli – da alcuni giorni ogni volta che si pettina perde tantissimi capelli.

L'aria è densa degli odori delle bombe da bagno di Lush, l'acqua dove è immersa fuma. Il mio pc è appoggiato sul coperchio del portabiancheria tra il water e il bidet: dal mio profilo YouTube ha aperto una playlist dei Joy Division, le note del basso e la cassa della batteria sembrano colare lungo le piastrelle della stanza.

Ogni volta che, come adesso, la guardo farsi il bagno distesa nella vasca piena di schiuma ho un'erezione strana: una di quelle lente e brucianti sulla punta, impossibile da frenare, inesorabile – anche se, in questi anni, ho imparato a frenare il cazzo che si fa duro, le erezioni di questo tipo mi diventano irrefrenabili [sono forse quei capezzoli larghi e chiari che, sott'acqua, sembrano ancora più larghi, ancora più chiari; sono forse i suoi occhi che col mascara sbavato sembrano quelli di una bambina che ha pianto troppo – e vorrei riempirle di sperma il viso, fotterle la bocca mentre il resto del corpo è sotto l'acqua, arrivarle con la cappella fino in fondo alla gola, costringerla a provare a spingermi il pube indietro, sentirla poi tossire (e poi non darle tempo di riprendere fiato, ritornare a spingerglielo tutto tra le labbra, sentirlo che, gonfissimo e durissimo, le tocca le tonsille)], ma lei non si è mai accorta di nulla, anche perché il bagno in vasca è il suo momento di relax totale, il punto di non ritorno di quando è veramente stanca, e io dunque, al massimo, mi siedo sul bordo della vasca, come adesso: e la guardo con un sorriso, e le chiedo: "Come stai?"

Negli occhi ha qualcosa di mai visto prima. Ha pianto, lo so. Ed è come se fossero gli occhi di una donna di vent'anni più adulta, una donna a cui è successo di tutto, e che non ha più né paura né voglia di niente.

"Non mi hai preso le medicine, vero?"

Faccio un respiro, mi sbatto una mano guantata sulla fronte. La tengo ferma lì, senza dire nulla. "Ma guarda che lo sapevo che ti dimenticavi. Non ti preoccupare." Sento il rumore dell'acqua, sta muovendo le gambe in una posizione diversa, forse per coprirsi da me. Dà un lieve colpo di tosse, capisco che devo guardarla. Quel verde enorme che ha in faccia mi sfonda il cervello. So, in un istante, che: o mi odia, o mi schifa: "Guarda cosa c'è dentro al water," la voce di una creatura che non è di questa terra. Ma io non mi muovo. So cosa c'è nel water. So che almeno alcune delle banconote che mi ha dato suo padre sono risalite lungo il sifone. So che lei ha alzato la tavoletta, le ha viste, e ha capito tutto.

So che: o mi odia, o mi schifa.

Vorrei aprire l'unica piccola finestra che c'è all'angolo tra lo specchio e la porta. L'aria è diventata difficile. Dal computer arrivano i suoni e le voci di una canzone che mi mette ansia.

I was moving through the silence without motion, waiting for you.

"È stato un gesto incontrollato... o incontrollabile... non lo so..." continuo a tenere la mano sulla fronte fradicia, la mano che fa un odore orrendo di vecchia pelle nera: "È come se, da alcuni giorni... Non lo so... Quella cosa che diceva Philip Roth, dell'amore che ti spacca, no? L'amore mica ti unisce, diceva in quel libro. L'amore ti spacca, non ti unisce, diceva. O no?" Ora stringo gli occhi, forte, tra le dita guantate.

In a room with a window in the corner, I found truth.

"Ma che cazzo stai dicendo, Bruno? Ma cos'hai nel cervello?"

Forse un tumore anche io, penso: e ho paura di dirlo. Libero gli occhi dalle dita, allarmato, per vedere la sua reazione. Ma lei sta guardando un punto lontano alla sua destra, la testa che ogni tanto fa un no deciso. La voce digrignata: "Questa cosa della mia malattia ti sta bruciando. Io ti conosco. Ti conosco molto meglio di quanto tu conoscerai mai te stesso. Lo sai."

I was moving through the silence without motion.

Credo si sia preparata un discorso. Credo stia facendo di tutto per ricordare cosa aveva in mente di dire, le pupille le si muovono come se cercassero qualcosa di minuscolo che si muove nell'aria: "Non ti fa bene stare con me. Stare qui, con me, in questo momento. Non è una questione di Roth, di amore che unisce o che spacca, o altre stronzate. È solo uno stress troppo forte per te. Troppo forte."

Ora quel qualcosa di minuscolo che si muoveva nell'aria è fermo, nei miei occhi: Aby non si muove da lì. Le scivolano via due lacrime, corrono velocissime fino al mento. La voce però non le cambia: "E io non lo so se ti amo ancora, Brù."

È molto simile a un: "E io non lo so se stasera mi va la pasta con i datterini gialli." Come può non essere più solenne, più drammatica? Come fa? Sta dicendo che non sa se ama ancora la persona che ha davanti: dovrebbe essere a pezzi – vorrei fosse a pezzi.

"Non sto dicendo che non ti amo più, Brù. Sto dicendo che devo capire, che devo pensare."

"È una cosa solo tua? Cioè, non conta quello che provo io?"

Fa uno scatto così carico di nervosismo ed elettricità che sembra poter far spegnere tutte le luci dell'intero condominio.

"L'unica cosa che è sempre contata è stato quello che provi tu. L'unica. Tu hai avuto bisogno di tempo, di anni, per capire cosa significa amare una persona, starci accanto, rispettarla. Quando ti ho conosciuto lo sapevo, io ho sempre visto la cosa nera che hai dentro. E ho sempre saputo che avresti avuto bisogno di tempo. Credi che mi sorprendano quei soldi buttati nel cesso? Credi che mi sorprendano 'sti guanti che ti sei messo? Che vuoi fare, ammazzare qualcuno? Non mi sorprenderebbe nemmeno quello. Da quando ti ho conosciuto ho visto tutto, subito, tutto quello che sei e non sei: e in questi anni l'unica cosa importante della mia vita sono stati i tuoi sentimenti, quello che provi, che hai provato, che proveresti, e ipotizzare le tue reazioni, e tutelarti."

Sto sorridendo. Un sorriso largo, larghissimo: "Un figlio, praticamente."

"Non mi sorprende nemmeno 'sta faccia da pazzo che stai facendo mò. Perché io ti ho scelto, Bruno, e scegliendoti ho accettato di guardare nel pozzo nero che hai nel cuore. E ho aspettato, ho aspettato che si ripulisse, ho aspettato che tu lo ripulissi, quel posto infernale che hai nel petto. Ma ora sei tu che devi aspettare me."

Interrompo bruscamente il sorriso, piego la bocca verso il basso come riescono certi clown: "Devo aspettare che tu capisca se mi ami ancora?"

Altre due lacrime velocissime, come se le scappassero dagli occhi per rifugiarsi sotto il mento. Non mi guarda. Non mi ha mai guardato: "Per ora è così. E per adesso quindi c'è solo una soluzione."

Eccoci.

Io la guardo, invece: "Una soluzione..."

"Lo capisci, Bruno? Lo capisci qual è la soluzione?"

I found truth.

"No..."

"Un po' di silenzio. Ho bisogno di un po' silenzio."

I found truth.

Mi guardo la mano destra. Sto per mordere – forse forte come non ho fatto mai – il dorso: fisso la stigmate che da anni e anni mi porto lì al centro. Ma invece no: come se non fossi io, la mano si allunga verso il suo viso. Le faccio una carezza con la punta delle dita. So che le fa schifo essere toccata da questi guanti. Ma prova a non farlo vedere. Altre lacrime scivolano via. Sulle sue guance. Sulle mie.

"Non vuoi più stare con me." Non dice niente. Le accarezzo l'orecchio sinistro. "Sei mai stata davvero con me?" Continua a non dire niente, ma adesso mi guarda. Ci guardiamo. Con il pollice le accarezzo il centro della gola.

"Cos'hai?" mi chiede. La voce secca. Gli occhi le si muovono veloci lungo tutta la mia faccia.

"Cos'ho," dico, senza pensarci, mentre con il pollice continuo su quel punto, ora praticamente lo strofino.

"Sei tutto rosso..."

Sotto il pollice guantato sento la vibrazione della sua voce: premo un po'.

"Brù, dai, che cazzo fai..."

Mi afferra il polso e prova a spostarlo.

Io le parlavo. Cioè, io ho solo parlato. Voglio dire: pensavo che stavo parlando, e basta. Fino a quando poi non era troppo tardi. Io ho creduto fino alla fine che le stavo solo parlando. Non lo sapevo che stavo stringendo, non lo sapevo cosa stava succedendo. Per me, per quello che vedevo, per quello che sapevo: stavo parlando. Le parlavo. E lei ascoltava. Solo questo. Le stavo dicendo che mi ricordo che una volta, all'inizio della nostra relazione (*prima*) io le dissi che non sapevo bene come comportarmi con una fidanzata: non sapevo come dimostrarle tutto il bene che le volevo. E lei allora mi disse che non meritavo una risposta, che avrebbe soltanto citato Flannery O'Connor. Disse: "Il bene può mostrarsi anche attraverso qualcosa di banale." Ed ecco, io ricordo quella volta come se fosse ieri.

Le stavo raccontando questo, non sapevo di star facendo altro. Non lo sapevo che stavo stringendo. Non sapevo di avere i guanti neri di pelle tutti pieni d'acqua e pesanti. Non sapevo che nonostante tutto continuavo a stringere. Io la guardavo negli occhi, gli occhi che le si facevano sempre più grandi, più verdi, più rossi. E le parlavo. Le dicevo che non voglio essere un uomo, non posso essere un uomo, perché un uomo è soltanto una somma delle sue disgrazie, e questa cosa me l'aveva letta lei da un libro di Faulkner, e a me era rimasta in testa, perché secondo me è una cosa vera, e se io diventassi un uomo come lo è suo padre, come lo era mio padre, come lo era mio nonno, io sarei soltanto una somma delle mie disgrazie. Specialmente un uomo come me, un uomo che non è mai stato amato da nessuna donna, ma che ha amato perdutamente, perdutamente, questo uomo che non posso essere sarebbe un uomo sbagliato.

E lo sapevo che non riuscivo a spiegarmi bene, sapevo che lei avrebbe potuto ribattere dicendo “Ma io ti amo, ti amo da anni,” e io le avrei dovuto spiegare che no, no, lei non mi ama, nessuno mi ama, lei mi possiede, io sono piegato alla sua volontà di possedere un uomo in casa come si possiede un animale, ma la colpa non è sua, no, lei è una persona pura.

E intanto stringevo, stringevo, stringevo e non lo sapevo che stringevo.

E come tutte le persone pure, lei pensa al proprio bene. La colpa è mia, è del mio non poter essere un uomo, non saper essere un uomo, perché un uomo non dovrebbe avere un così disperato bisogno di amore, perché un uomo non dovrebbe essere da sempre escluso da ogni desiderio femminile, perché un uomo dovrebbe conoscere se stesso.

E invece sono gli altri che conoscono davvero me. Mentre io di me non so niente. E se tu, Aby, se tu mi conosci così bene, io non posso fare altro che amarti come se fossi la mia metà oscura: tu non lo sai, ma quando ti prendo il culo e tu sei di spalle a quattro zampe io in quella tua figura vedo me stesso bambino. Se tu in quei momenti ti voltassi sarei terrorizzato nel vedere i miei occhi bambini al posto dei tuoi, le mie labbra bambine al posto delle tue, e urlerei di terrore nel non riconoscere più il mio corpo, nel non essere più lì io, nel non essere più lì tu.

Come adesso, Aby, che l'acqua non fa più rumore, che le tue unghie non affondano più nei miei polsi – e un uomo dovrebbe conoscere se stesso, sì, e io invece no, non conosco niente di me, non so cosa ho fatto, è proprio come quando da bambino chiamavo la nonna davanti allo schermo del televisore sfondato da un joystick della PlayStation lanciato con una furia da indemoniato, e sapevo solo dire "Scusa, si è rotto tutto." Aby, è così.

Scusa, amore mio, si è rotto tutto.

FSC
www.fsc.org
MISTO
Carta da fonti gestite
in maniera responsabile
FSC® C005461

Finito di stampare nel mese di aprile 2024 presso
Rotolito S.p.A. - Seggiano di Pioltello (MI)

Printed in Italy